KB110800

_____에게

당신이 이 책을 다시 보게 된다면 처음 이 책을 보던 그 시간을 떠올리게 될 것이며 당신이 얼마나 좋은 마음을 가진 사람인지 알게 될 것입니다.
이미 당신은 참 괜찮은 사람입니다.

_____드림

담다 그리고 닮다

초판 1쇄 인쇄 2015년 6월 23일
초판 1쇄 발행 2015년 6월 30일

지은이 김용원
펴낸이 백도연
펴낸곳 도서출판 세움과비움

신고번호 제 2012-000230호
주 소 서울 마포구 양화로16길 18(서교동)
연락처 T. 02-704-0494 / F. 02-6442-0423 / seumbium@naver.com

ISBN 978-89-98090-12-8 03810

값 12,000원

담다
그리고
닮다

● 김용원 에세이

세움과비움
Seum&Bium

머리말

딱딱하게만 느껴지던 성서가 언제부턴가 나를 위한 절절한 사랑의 메시지로 다가왔다. 이 귀한 경구들을 시인의 입장에서 가려 뽑고 해설하여 사람들에게 소개하면 좋겠다는 생각을 하게 되었다.

간단하게 생각하고 시작했지만 작업은 여러 이유로 결코 쉽지 않았다. 어려울 수도 있는 성서라는 경전을 시와 동서양의 고전으로 알기 쉽게 풀어 쓴다는 것은 애당초 만용에 가까운 작업이었는지도 모르겠다. 문장들을 좀 더 쉽고 낯설지 않게 만들기 위해 수없이 고쳐 쓰며 고민을 거듭했다.

여기에 소개되는 경전의 여러 구절 가운데 한 구절이라도 독자들의 마음에 닿아 삶이 조금이라도 변화된다면 더이상 바랄 것이 없겠다. 필자는 그렇게 되기를 위해 간절히 기도할 것이다.

_ 김용원

추천사

어떻게 살고 있습니까?
어떻게 살기 원합니까?

돼지는 하늘을 올려다볼 수 없다는 걸 알고 계신가요? 돼지의 목이 땅을 향하고 있어 기껏 높이 들어봤자 45도밖에 들 수가 없기 때문입니다. 그런 돼지가 스스로 하늘을 올려볼 수 있는 있는 때가 있다고 합니다. 바로 '넘어졌을 때'입니다.

우리가 사는 삶은 하루가 다르고 또 달라서 매번 넘어질 순간이 닥칩니다. 넘어지면 아프고 상처가 나지만 넘어짐에는 이유가 있습니다. 넘어져 봐야 아픈 걸 알게 됩니다. 실수하고 부끄러운 상황을 닥쳐 봐야 겸손을 배웁니다. 왜 넘어졌는지 문제를 알게 되고 남의 말에 귀 기울일 줄도 알게 됩니다. 물질에, 세상의 안락함에, 명예에 눈이 멀어 그것에 파묻혀 살고 있지 않은지 반성도 하게 됩니다.

이 책 〈담다 그리고 닮다〉를 읽으면서 목회자이기보다 평범한 한 사람으로서, 사회인으로서, 아버지로서 짧은 시간에 참 많은 생각을 하게 되었습니다. 그리고 다시 한 번 나를 돌아볼 수가 있었습니다.

이 책 〈담다 그리고 닮다〉는 잘 살기 위한 조건과 방법이 아닌, 제대로 살기 위한 인생의 소망을 우리에게 전합니다. '삶을 대하는 태도; 겸손, 영원한 인생의 숙제; 경제, 내가 이겨야 할 욕심; 정욕, 성공의 필수 조건; 시련, 잊어서는 안 되는 인생의 황금률; 감사, 가장 소중한 것; 가족'까지.

어제보다 더 좋은 오늘을 살고자 한다면, 사람답게 살고자 하는 미래를 그리고 있다면 이 책 〈담다 그리고 닮다〉를 적극 추천합니다.

_ 장경동

CONTENTS

1부 태도의 중요성_겸손 겸손은 가장 중요한 사람의 태도

4부 성공의 필수조건_시련 시련은 성공을 위한 필수조건

5부 인간됨_감사 감사는 가장 인간다운 모습

6부 지상의 별_가족 가족은 이 땅의 별과 같은 것

서로 마음을 같이 하며 높은 데 마음을 두지 말고
도리어 낮은데 처하며
스스로 지혜 있는 체 말라(로마서 12:16)

驕而不亡者, 未之有也
교만해서 망하지 않은 사람을 보지 못했다. (春秋)

1부

태도의 중요성 : 겸손(Humility)
- 겸손(Humility)은 가장 중요한, 사람의 태도

경계표를 옮기지 말라

마음을 다스리는 한 줄 성서

네 선조의 세운 옛 지계석을 옮기지 말찌니라 (잠언 22:28)

경계표는 토지 소유권을 확정하기 위하여, 측량이나 등기 같은 제도가 없던 시절에 땅의 경계를 정하기 위하여 선조들이 합의하여 세워 놓은 지계석地界石을 의미한다. 그런데 사람들은 간혹 지계석을 몰래 옮겨 남의 토지를 자기 것으로 바꿔 놓기도 하였다. 즉, 훔친 것이다. 그러다 보니 경계표를 옮기는 것은 이기주의가 낳은 부정 축재의 의미로 곧잘 쓰이게 되었다. 그러나 경계표라는 것이 생명을 키우는 터전인 땅과 관련된 상징이므로 본질적인 의미는 생명 존중이다.

'지계석을 옮기지 말라.'는 말을 현대적으로 해석해 본다

today's me

14

면 전임자가 수고하여 마련한 제도를 후임자가 와서 쉽게 없애지 말라는 뜻으로 받아들일 수 있을 것이다.

어떤 물건이든 제도든 선배들이 그 시대에 처한 고민을 해결하기 위하여 머리를 맞대고 마련한 경계표를 쉽게 바꾸어 버리는 것은 어찌 보면 자신의 능력을 나타내 보이기 위한 교만한 행동에서 비롯된 경우가 많다.

경계표는 역사적인 사실로 존중해야 한다. 경계표를 옮겨 선배들의 불만을 사고, 구성원들과의 사이에 불화하여 어려움에 처하는 경우를 보게 된다. 이런 태도는 신중하지 못하여 분란을 자초하는 것이니 조심해야 하지 않을까? 물론 구성원들의 동의하에 모든 사람들의 유익을 위하여 제도의 불합리한 부분을 개선한다면 환영받을 일일 수도 있으나 개인의 능력을 나타내기 위해 하는 것은 금하는 것이 옳을 것이다.

- 자신이 인정받길 원한다면 먼저 남들을 인정하는 법을 배우라.

future's me

내일 일을 자랑하지 말라

너는 내일 일을 자랑하지 말라 하루 동안에 무슨 일이 날는지 네가 알 수 없음이니라 (잠언 27:1)

요즘 날씨는 참으로 변화무쌍하다. 포근한 겨울이라 지내기 좋다고 한 지 얼마 되지 않아 갑작스런 기상이변으로 몇십 년 만의 한파가 찾아왔다고 난리다. 지하철이 움직이지 못하고 양어장의 고기가 다 얼어 죽으며 집집마다 세탁기를 돌릴 수 없는 등 일상이 마비되다시피 한다.

아무리 철저히 준비한다고 해도 내일 무슨 일이 일어날지 모르며, 현재의 준비 상황으로도 대처가 되지 않는 경우가 많다.

생각해 보면 오늘 무사하다고 하여 내일의 일을 자랑할 것이 하나도 없는 셈이다. 유한한 인간이 늘어놓을 수 있는 자랑이란 기껏해야 자식 자랑, 재물 자랑, 명예 자랑과 같은 것인데 이 모든 것들이 그림자 같은 것들이다.

심지어 여인의 아름다움도 다 거짓이다. 또한 자랑은 다른 사람이 해 주는 것이지 내가 내 입으로 스스로를 자랑하는 것이 아니다.

피조물은 피었다 지는 꽃과 같으며 지나가는 그림자 같은데 무슨 큰 자랑이 있을 것인가.

찬바람 부는 겨울 정원에 나와 아름답던 꽃이 지는 것을 보고 있으면 뽐내는 것도 한때이고 모든 것이 무상하다는 것을 알게 된다.

목련이 피고 간 뒤에

그리움으로 피 토하던

붉은 장미와 선인장

모두들 어디 갔나

시골집 순이 같은

분꽃만 홀로 남겨두고

모든 것 다 끝난 듯한

겨울 정원에는

다시 이슬 머금은

국화 봉우리

때가 오지 않았음을

한탄할 일이 아니다

때가 왔음을

기뻐할 일도 아니다

찬바람 부는

겨울 정원에 서면

('겨울정원에서' 전편)

- 내일을 기대한다는 것은 한 줄기 바람일 뿐이다. 오늘에 충실하라. 우리가 자랑할 것은 오늘을 사는 삶에 있다.

today's me

future's me

거친 땅에서 살지 않는 법

마음을 다스리는 한 줄 성서

하나님은 고독한 자로 가속 중에 처하게 하시며 수금된 자를 이끌어 내사 형통케 하시느니라 오직 거역하는 자의 거처는 메마른 땅이로다 (시편 68:6)

　　태어나 한 세상 사는 데는 많은 사람들의 도움이 절대적으로 필요하다. 그리고 부모님의 몸을 빌려 태어나서 장성하고 성공하기 위해서는 창조주의 도우심이 필요하다고 생각한다. 그분은 고독한 사람들을 위해 가족을 보내서서 함께 살며 지상의 날들을 즐겁게 지내게 하셨다. 사랑스러운 아내와 남편, 천진난만한 아이와 더불어 살아가는 삶은 얼마나 행복한가.

today's me

하지만 세상을 움직이는 창조주의 섭리에 순응하지 않으면 생명도, 열매도 맺을 수 없는 메마르고 황량한 땅에 처하게 될 뿐임을 기억해야 한다.

미국의 강철왕 카네기Andrew Carnegie는 일이 손에 잡히지 않거나 아주 바빠서 정신을 차릴 수 없는 때에는 회사 근방에 있는 교회를 찾아가서 조용히 묵상하면서 힘을 얻었다고 한다.

'나'라는 존재 이상의 어떤 큰 힘이 세상을 움직이며 나의 발걸음을 인도하고 있다는 것을 알게 될 때 사람은 겸허해지며 바른 판단을 내릴 수 있게 되지 않을까.

- '어떻게 살 것인가?'만 생각하지 말고 '어떻게 쉴 것인가?'도 생각해 보라.
쉬운 삶을 더 빛나게 하는 시간이다.

future's me

겸손은 오만을 누르고 승리를 선물한다

마음을 다스리는 한 줄 성서

교만은 패망의 선봉이요 거만한 마음은 넘어짐의 앞잡이니라
(잠언 16:18)

교만은 겸손치 못한 생각과 행동을 말하며 지혜와는 거리
가 멀다. 거만하면 필시 파멸하게 되며 그래서 거만한 것은
'우둔'과 사촌쯤 되는 것이다. 사람이 살면서 힘들고 어려운
일을 맞이하게 되는 이유는 겸손하지 못한 데서 비롯되는
경우가 많다. 사람은 약한 존재인데 그것을 깨닫지 못하고
교만하게 행하면 구제할 방도가 없다.

인류의 조상이라 말하는 아담과 이브도 마찬가지다. 하
나님은 에덴동산에 있는 모든 열매는 먹되 선악을 알게 하
는 나무의 열매는 먹지 말라고 경고했다. 하지만 선악과를

today's me

먹으면 눈이 밝아져 하나님과 같은 존재가 될 수 있다는 사탄의 꼬임에 빠져 선악과를 따먹음으로 인하여 원죄가 시작되어 결국 에덴동산에서 쫓겨 나지 않았는가?

그래서 교만은 패망의 선봉이다. 교만을 버리고 겸손한 마음을 가지는 것이 존귀하게 되는 비결이다. 거만한 자를 몰아내면 다툼이 쉬고 싸움과 모욕이 그친다.

러시아의 문호 뚜르게네프 역시 겸손의 미덕을 노래하고 있다.

소박素朴! 소박! 사람들은 소박을 성스러운 것이라 부른다. 하지만 그것은 이미 인간의 영역이 아니다. 차라리 겸손이라면 좋을 것이다. 겸손은 오만을 누르고 승리를 가져온다. 그러나 명심하라. 그 승리의 감정 속에도 이미 오만이 깃들어 있다는 것을.

(뚜르게네프, '소박', 전편)

- 교만은 인간이 이루고자 하는 것을 이루었을 때를 결코 놓치는 법이 없다. 기억하라. 그리고 조심하라. 성취와 성공은 교만과 따로 오지 않음을.

future's me

물의 속성을 배우라

마음을 다스리는 한 줄 성서

무리에게서 스스로 나뉘는 자는 자기 소욕을 따르는 자라 온갖
참 지혜를 배척하느니라 (잠언 18:1)

상선약수上善若水.

알다시피 최고의 선은 물과 같이 되는 것이라는 말이다.

물은 사람의 생명을 위하여 자신을 아낌없이 주고 누구와
겨루는 법도 없이 낮은 곳을 향하여 흘러간다. 자신의 욕망
을 좇느라 다른 사람을 멸시하면 결국 다툼을 일으킨다.

다른 사람들과 더불어 활동하면서 서로 화합하지 못하고
무리에서 갈라져 나오는 사람은 조직과 단체를 위하기보
다는 자기 자신의 욕심을 좇는 사람이라고 볼 수 있지 않을
까!

today's me

24

어떤 집단에 소속되어 활동할 때 자신의 이익을 내세워 분란을 일으키는 것보다 상대방의 입장을 존중하여 해결점을 찾는 노력을 하면 좋겠다. 주변 사람들의 말을 잘 듣고 때로는 나에게 손해가 되더라도 전체의 화합을 위해 양보하고 남을 세워 주는 사람들이 많아지면 세상은 그만큼 풍성해지지 않겠는가.

논어에 보면 "자기가 서고자 한다면 다른 사람을 세워 주고, 자기가 이루고자 한다면 다른 사람을 이루게 해야 한다 欲立而立人 己欲達而達人."라고 하여 나보다 남을 낮게 여기라는 말이 나온다. 새겨 들어야 할 말이다.

- 성공을 위한 기준은 위에만 있다고 생각한다. 진정한 성공은 아래로 내려가는 것을 두려워 하지 않는 데서 출발한다.

future's me

자신의 능력을 신뢰하지 말라

너희는 악을 밭 갈아 죄를 거두고 거짓 열매를 먹었나니 이는 네가 네 길과 네 용사의 많음을 의뢰하였음이라 (호세아 10:13)

중국의 역사서인 춘추春秋에 "험한 요새와 병마만을 의지하는 것은 강한 것이 못 된다恃險與馬之不可以爲固也."는 말이 있다. 안보安保는 지형적인 이점을 갖춘 요새와 병마의 숫자에 의존해서 구축하는 것이 아니라는 뜻으로, 외적인 조건보다는 도의道義에 근본적인 해결이 있다는 말이다.

사람의 온전함도 이와 같다고 할 수 있다. 자기 자신의 능력을 믿거나 수량적인 자산의 많음에만 의존하는 것이 능사가 아니다. 자기 자신의 힘을 자신의 신으로 삼는 사람들은 마침내 오류를 범하고 몰락에 이르게 된다.

today's me

무슨 일을 하든지 자기보다 더 높은 분을 모셔 두고 그분에게 의지하는 것이 현명하다.

'편지'라는 시를 읽어보면 겸손하라는 메시지가 들리는 것 같다.

먼저 핀 꽃도
나중 핀 꽃도
모두 다 지는 꽃이라

그대가 어제 피운 꽃 한 송이
오늘은 내게 와서 지고 있다
(김초혜, '편지', 전편)

- 겸손이라는 것! 인생의 가장 큰 축복 중 하나.

future's me

삼겹줄을 만들라

마음을 다스리는 한 줄 성서

한 사람이면 패하겠거니와 두 사람이면 능히 당하나니 삼겹 줄은
쉽게 끊어지지 아니하느니라 (전도서 4:12)

강도를 만났다고 생각해 보자. 혼자라면 작정하고 덤비
는 강도를 당해 낼 재간이 없을 것이다. 하지만 세 명이 있
다면 이야기는 달라진다.

여기서 삼겹줄에 주목하여야 한다. 세 명 이상이 힘을 합
칠 경우 강도는 쉽게 물리칠 수 있을 것이며 또 다른 어려
움도 극복할 수 있을 것이다. 반드시 세 사람이 있을 필요
는 없다. 두 사람의 친구나, 두 사람의 형제, 두 사람의 부부
라면 창조주와 더불어 삼겹줄을 이룰 수 있다. 하지만 어리
석은 사람들은 무슨 일을 처리할 때면 그 일을 함께 할 사

today's me

람을 찾는 대신 혼자서 일을 감당하려고 하다가 욕을 먹기도 하며 일을 그르치기도 한다.

사람의 일이란 혼자 해서는 의미가 반감될 뿐 아니라 잘 되지도 않는 경우가 많다. 일을 하다가 한 사람이 잘못해서 넘어질 때 옆에 다른 사람이 있으면 그 사람의 잘못을 바로 잡거나 일으켜 세워 줄 수도 있다.

시인은 이런 사실을 직관적으로 알았으리라. 괴테는 비록 혼자서 제 잘난 영웅일지라도 타인과 더불어 일할 것을 권유한다.

영웅은 자신의 일은 족히 스스로 처리할 수 있다

그래도 힘을 합쳐서 하면 더 빠를 것이다

어려운 일을 처리한 현명한 사람은

함께한 사람들을 잊지 않는다

(괴테, '잠언' 중에서)

- 현명한 사람이란 함께 하는 것을 소중히 여기는 사람.

future's me

나를 삼키는 것은 태산 같은 욕심이다

마음을 다스리는 한 줄 성서

모든 탐심을 물리치라 사람의 생명이 그 소유의 넉넉한데 있지 아
니하니라 (누가복음 12:15)

탐심을 좇다가 죽어간 어느 어리석은 농부의 우화다.

옛날 어떤 임금이 농부에게 "네가 하루 동안 경작하는 토
지를 너에게 다 주겠다."고 약속했다. 이 농부는 너무 기뻐
서 새벽부터 밭을 갈아 출발한 곳에서부터 너무 멀리 떨어
진 곳까지 가 버려서 다시 되돌아 올 시간이 부족했다. 그
래서 농부는 뛰고 또 뛰어 출발지점으로 돌아오려고 했지
만 너무나 지쳐 출발선을 바로 눈앞에 두고 쓰러져 죽고 말
았다.

이처럼 자신의 생명도 앗아가는 것을 모르고 탐심에 빠져
생명을 잃는 어리석은 경우가 너무 많다.

언젠가 팔순의 어머니가 욕심이 무섭다며 욕심을 내지 말라고 하신 말씀이 기억에 또렷하다. 밥 세 끼 먹고 마음 편하면 족한데 좀 더 벌어 보겠다고 욕심을 부려 자신을 망치는 것을 염려하신 것이다.

나이가 어려도 욕심을 비워 생명을 지켜 나가는 사람이 있는가 하면 나이가 들어도 탐심만을 좇다가 무너지는 어리석은 사람들도 있다. 사람의 생명은 소유의 넉넉한 데 있지 않다.

욕심은 나를 삼키고 내 가정을 삼키는 것이기에 욕심을 버려야 한다. 사람은 분수를 알아야 한다든지, 송충이는 솔잎을 먹어야 한다는 말은 공연히 나온 것이 아니다.

이 진리 하나를 깨닫지 못하고 사람들은 탐심을 좇다가 쓰러진다. 하기야 그래서 사람인지는 모르겠다.

천년을 푸르른 나무들처럼

늘 당당할 수 있나

부서지고 쓰러지고

후회하고 눈물 짓는다

변함없는 사람의 성정

잡으면 휘두르고 싶고

놓치면 다시 잡고 싶어 하는

이 땅에 생명으로 불리는

모든 이름들이 안쓰럽다

홀로된 인생 좌절한 인생들이

지천에서 우우 소리를 낸다

별스런 일도 아니다

쓰러지니까 사람이다

('그래서 사람이다', 전편)

- 욕심이 두려운 것은 결국에는 나를 삼키기 때문이다.

today's me

future's me

높은 곳에 마음을 두지 마라

마음을 다스리는 한 줄 성서

서로 마음을 같이 하며 높은 데 마음을 두지 말고 도리어 낮은데 처하며 스스로 지혜 있는 체 말라 (로마서 12:16)

높은 데 마음을 둔다는 것은 어떤 것일까?

교만하여 자기 수준을 생각해 보지도 않고 분에 넘치는 것을 바라는 것을 뜻할 것이다. 반면 낮은 데 처하라는 것은 스스로 겸손히 하고 낮추어 분에 넘치지 않게 하고 어려운 처지의 사람들과 잘 지내라는 것이다.

중국의 역사서인 춘추春秋에 "교만해서 망하지 않은 사람을 보지 못했다驕而不亡者 未之有也."는 대목이 있다.

남들보다 뛰어나고 우월해지는 데 목표를 두기보다 겸손하여 다른 사람이 들어와 기댈 수 있는 언덕이 되어 주는 그런 유연한 자세를 가진 사람이 되어야 한다.

이 말씀을 내 자녀들에게 꼭 들려주고 싶다는 생각이 드는 것은 무슨 이유일까! 아마도 하나님이 우리를 자녀로 생각해서 해 주시는 말씀이기 때문이지 싶다.

자기를 낮추어 상대방의 수준에 맞추고 어려운 사람들의 친구가 되고, 스스로 지혜 있는 체 하지 않는 것이 넘어지지 않고 요동하지 않는 삶의 비결이다.

너무 높은 데 처하기를 좋아하지 말고, 자신을 비우고 낮은 곳에 앉아 도도히 흐르는 강을 보고 앉으면 배워야 할 것들이 많이 보인다.

강물이 그냥 강물이더냐
흐를 줄 알아 강물이지
다 버리고 흐를 줄 알아 강물이지
그림자 하나 남기지 않고
남모르게 남모르게 흐를 줄 알아
강물이지

흐르지 않는 것들 다 와서 봐라
그 무엇 하나 버리지 않고
제 욕심만 챙기는
죽은 것들 다 와서 봐라
강물이 어찌 강물인가를

오늘도 강가에 찌꺼기들 떠 있고
강물은 또 쉬임없이 흐른다
나 같은 것들 다 와서 봐라
(오봉옥, '강물', 전편)

- 교만, 욕심, 오만도 흐르는 마음 안에선 뿌리내릴 수 없다.

today's me

future's me

겸손은 오래가는 비법

마음을 다스리는 한 줄 성서

네가 먹어서 배불리고 아름다운 집을 짓고 거하게 되며 또 네 우
양이 번성하며 네 은금이 증식되며 네 소유가 다 풍부하게 될 때
에 두렵건대 네 마음이 교만하여 네 하나님 여호와를 잊어버릴까
하노라 (신명기 8:12~14)

좋은 집이 있고 재물이 풍부하여 부족함을 모르게 되면
지난날 어려웠던 시절과 그때 자신을 돌보아 주신 분을 잊
어버리게 된다. 마치 오늘의 부유함이 자신의 능력으로 이
루어진 것으로 착각하여 은혜를 잊어버리는 것이다.

그래서 하나님은 이스라엘 민족이 종살이하던 애굽에서
나온 후 40년 간의 광야 생활을 하도록 함으로써 자만할 수
없게 하셨다.

사람들은 힘들고 지칠 때도 넘어지지만 배불리 먹고 풍족
할 때에도 자만에 빠져 은혜를 베푸신 이를 잊어 버려 넘어
지기도 한다. 사람은 풍족하거나 부족하거나 늘 넘어지기
쉬운 연약한 존재다. 부유할 때에는 부유함을 얻을 수 있도
록 능력을 주신 분이 누구신지를 기억해야 한다.

소유의 풍성함은 자신의 힘이 아니라 나를 시키고 보호하시고 능력을 주셨기 때문에 가능한 것이다. 사람이 생활의 여유를 가지게 되면 나태와 방종 속에서 교만하게 될 가능성이 있다.

"높은 곳에 처할수록 더욱 겸손히 걸어가야 한다."라고 키케로Marcus Tullius Cicero는 말한다.

교만에는 멸망이 따르고, 거만에는 파멸이 따른다. 겸손한 사람과 어울려 마음을 낮추는 것이, 거만한 사람과 어울려 전리품을 나누는 것보다 낫다.

꼬박 일 년을 기다렸다

꽃이 피기를

그러나 언제 활짝 피었나 싶더니

순식간에 벚꽃은 저 멀리 사라지고 만다

꽃이 만발했을 때가 바로 꽃이 지는 순간이다

그 순간 후회는 없을까?

절정과 동시에 세상에서 사라질 때 미련은 없을까?

(오츠 슈이치, '죽을 때 후회하는 스물다섯 가지' 중에서)

- 겸손은 라거를 잊지 않는 데서 시작된다.

today's me

future's me

혼자 있을 때 부끄러운 행동을 삼가라

마음을 다스리는 한 줄 성서

이 집에는 나보다 큰 이가 없으며 주인이 아무 것도 내게 금하지
아니하였어도 금한 것은 당신뿐이니 당신은 자기 아내임이라 그
런즉 내가 어찌 이 큰 악을 행하여 하나님께 득죄하리이까
(창세기 39:9)

믿음 좋기로 유명한 요셉은 한때 형들의 질투와 시기심으
로 애굽에 종으로 팔려가 그곳에서 왕의 시위대장인 보디
발 장군의 집에서 살림을 모두 책임지는 총무가 된 일이 있
다. 그런데 보디발 장군의 아내가 남편이 집에 없을 때 젊
은 청년 요셉에게 함께 동침하자고 꾀었다. 그때 요셉이 한
말이 위의 구절이다.

사람은 아무도 보지 않을 때 악을 행하고 싶은 유혹이 생
긴다. 지방이나 외국의 먼 도시를 여행하면서 혼자가 될 때

today's me

마음의 유혹을 받는 경우가 있다.

재미있는 이야기인데, 한자로 여행할 때 사용하는 나그네 '여旅'자에는 〈여자〉를 의미하는 뜻이 내포되어 있다. 사람에 따라 다르겠지만 여행을 하면 남자는 여러 여자를 만나 유혹에 쉽게 빠질 수 있음을 암시한다.

현대인은 익명성 속에서 쉽게 유혹에 빠져 죄를 짓는다. 사람이 있으나 없으나 누가 보거나 보지 않거나, 한결같이 부끄럽지 않는 마음가짐과 행동으로 유혹을 이겨 내는 것이 형통의 길이다.

"원컨대 방안에서는 남에게 부끄럽지 않은 태도를 지닐 수 있는 인간이 되고 싶다尙不愧于屋漏." 중용에 나오는 말인데 아무도 보지 않을 때 자기 자신에 부끄럽지 않도록 행동하라는 말이다.

- 지혜 있는 자의 삶은 크게 요동치지 않는다. 원리와 원칙, 정의와 부정에 대해 일관성 있다는 것, 그것이 삶의 차이를 만든다.

future's me

세상 자랑거리의 유용함을 모두 의심하라

마음을 다스리는 한 줄 성서

모든 것을 해로 여김은 내 주 그리스도 예수를 아는 지식이 가장 고상함을 인함이라 내가 그를 위하여 모든 것을 잃어버리고 배설물로 여기노라 (빌립보서 3:8)

신앙을 가지고 있지 않은 사람들은 받아들이기 어려울지도 모른다. 하지만 신앙인들에게 있어 모든 지식 중에서 가장 고상한 지식은 그리스도를 아는 것이다.

그리스도가 도대체 무엇인가. 한마디로 사랑이고 희생이며 다른 사람을 위하여 자신을 버리고 십자가를 짐으로써 세상을 살리는 고귀한 정신의 실체다.

그리스도를 알게 되면서 이전에 자랑하던 외형적인 조건들은 배설물처럼 여겼다는 것은 얼마나 바울이 철저히 그리스도를 얻기 위하여 노력했는지를 잘 보여 준다.

today's me

....

....

....

....

....

그것은 그리스도의 가르침이 세상의 어떤 가르침보다 뛰어나고 소중하기 때문이다.

장자莊子에 "계수나무는 먹을 수 있어 잘리고, 옻나무는 쓸모 있어 베인다. 표범은 아름다운 털가죽 때문에 재앙을 맞는다. 사람들 모두 '쓸모 있음의 쓸모'는 알고 있어도, '쓸모 없음의 쓸모 있음無用之用은 모르고 있구나." 하며 한탄하는 구절이 있다.

세상 자랑거리의 유용함에 대하여 의심하고 대단하지 않은 것으로 여겨라! 장자도 사도 바울도 세상 자랑거리의 부질없음을 이미 체득한 것이 틀림없다.

- 사람이 살면서 영원히 자랑할 것은 없다.

future's me

살면서 버려야 할 품목들

마음을 다스리는 한 줄 성서

땅에 있는 지체를 죽이라 곧 음란과 부정과 사욕과 악한 정욕과
탐심이니 탐심은 우상 숭배니라 (골로새서 3:5)

음행^{淫行}, 부정^{不貞}, 나쁜 사욕^{私欲}, 악한 정욕^{情欲}, 탐욕^{貪慾}
은 죽음을 부른다.

땅에 속한 '지체'는 '악'을 의미한다. 성서는 혼외정사와
같은 음행과 불순한 태도와 육욕, 물질에 대한 지나친 욕심
에 대해서는 버려야 할 것이라고 말하고 있다. 물질은 숭배
의 대상으로까지 여겨지고 있는 세상이다.

어떤 사람이 성숙한 사람인가 아닌가 하는 것을 알아보려
면 그 사람이 무엇을 가까이 하는가를 보면 알 수 있다. 음
행과 정욕과 탐욕을 추구하는 것은 자기 자신을 가두는 함

today's me

정을 스스로 파는 것이다.

꿈꾸지 않는 강과 같이 그렇게 한 세상 흐르며 살아갈 수
는 없을까.

사람들은 스스로 함정을 파고

그 속에 갇혀 평화를 누리지만

강은 어디에도 감옥을 짓지 않는다

푸른 하늘과 넓은 들을 담아 보고서는

세상일들이 더구나 부질없음을 알았다

허기진 바람이야 작은 방에 가두겠으나

강물은 아무리 서둘러 흘러도

바다밖에는 갈 곳이 없다

꿈꾸지 않는 강은 자유롭다

(권선옥의 시, '강' 중에서)

- 삶이 새로워진다는 것은 '무엇을 얻을까?'보다 '무엇을 버릴 것인가?'의 문제이다.

future's me

버리지 않으면 차지 않는 것이 마음

마음을 다스리는 한 줄 성서

망령되고 허탄한 신화를 버리고 오직 경건에 이르기를 연습하라
(디모데전서 4:7)

충성된 일꾼이 되기 위한 자질은 무엇일까?

거룩한 것과는 거리가 먼 세상의 속되고 허무맹랑하게 꾸며낸 이야기神話를 멀리하고 훈련을 통하여 경건한 삶을 일상에서 나타내기 위하여 노력하는 것이 일꾼이 가져야 할 첫째가 아닐까? 훈련이라는 것은 운동선수가 땀을 흘려 연습하듯 훈련하는 것을 말한다.

마음을 겸손히 하고 탐욕을 버리고 경건을 추구하는 삶을 살 때 이러한 경지가 열릴 것이다. 수시로 허튼 꿈을 꾸며 스스로 자신을 피곤하게 만들고 주변 사람들을 괴롭히는

today's me

일은 없어야 한다. 그렇게 되기 위해서는 먼저 자신이 보잘 것 없는 존재라는 사실을 아는 것이 중요하다.

　사람의 마음을 외적인 조건들로만 자꾸만 채우려 들면 도저히 채울 수가 없다. 오히려 비움으로 채워지는 역설의 풍족함을 배워야 한다.

　주고받음이 한 줄기
　바람 같아라
　마음을 버리지 않으면
　차지 않는 이 마음
　(정현종, '마음을 버리지 않으면', 전편)

- 인생의 즐거움이란 비워 놓음이 있어야 채울 수 있는 것, 그리고 나누는 것

future's me

도가니로 은을, 풀무로 금을,
칭찬으로 사람을 시련하느니라 (잠언27:21)

聲聞過情, 君子恥之
군자는 자신의 실력이상으로
과분한 평가를 받으면 수치스럽게 생각한다. (孟子)

2부

이기고 싶은 싸움 : 인생(Life)
- 인생(Life)은 누구에게나 이기고 싶은 한 판 싸움이다

채찍과 충고를 쉬지 말라

마음을 다스리는 한 줄 성서

채찍과 꾸지람이 지혜를 주거늘 임의로 하게 버려두면 그 자식은 어미를 욕되게 하느니라 (잠언 29:15)

자녀가 하고 싶다는 것을 다 들어 주려고 한다면 나중에는 부모가 자녀를 통제할 수 없게 되며 잘못된 삶으로 빠져도 속수무책일 수가 있다. 언제부터인가 자식을 적게 낳고 자식들에게 평생 애프터서비스를 하는 세상이 되었다.

자식이 귀하다면 채찍과 꾸지람을 할 일이요 자식을 망치게 하려거든 제 마음대로 하도록 내버려 두면 된다. 요즘 아이들의 기를 죽이지 않게 한다며 부모는 임의대로 아이를 키우는데 그것은 잘못된 것이다. 자식을 잘 키우려면 때에 맞는 다스림과 징계가 있어야 한다.

today's me

옛날에는 서로 자식들을 바꾸어서 교육을 시키기도 하였다易子而教之. 이것은 친자 간에는 직접 교육하는 것이 대단히 어렵기 때문에 생겨난 지혜였다. 채찍과 꾸지람은 사람을 키우는 거름과도 같다.

곤고한 삶을 인하여 두 아이를 보육원에 맡겼던 루소는 나중에 후회를 하였다.

"아버지의 의무를 다하지 못하는 사람은 아버지가 될 자격이 없다. 가난과 일 때문에 아이들 양육을 소홀히 했다면 그것은 용서받을 수 없는 일이다. 성스러운 의무를 저버리는 사람은, 자기의 죄로 인해 쓰디쓴 눈물을 흘릴 것이다." (루소, '사회계약론')

자식을 임의로 행하게 방치하여 양육에 소홀히 한 뼈저린 반성문이기도 하다.

- 네 자녀에게 달콤한 것만 주고자 한다면 홀로서기란 꿈일 수밖에 없다.

future's me

인생은 험악한 세월

마음을 다스리는 한 줄 성서

내 나그네 길의 세월이 일백 삼십년이니이다 나의 연세가 얼마 못
되니 우리 조상의 나그네 길의 세월에 미치지 못하나 험악한 세월
을 보내었나이다 (창세기 47:9)

애굽^{이집트}의 바로^{파라오}가 네 나이가 얼마냐고 묻자 이에
대하여 야곱이 대답한다. 130년의 인생을 살면서 누구보다
더 힘든 인생을 살아왔노라고.

한 마디로 인생을 나그네에 비유하며, 인생은 역사의 주
인공이 아닌 나그네처럼 왔다가 가는 그림자와 같은 것이
라는 고백이다.

사람이 살면서 삶이 고단해 몸부림도 쳐보는데 나그네와
같은 삶의 길이 얼마나 힘들고 서러울까? 하지만 사람들은
나그네 길에 대하여 환상을 가지며 살아간다.

젊은 시절 한 때 푸른 모래사장이 늘어선 아름다운 포구를 떠올리며 청사포靑沙浦를 찾아간 때가 있었다.

발이 아프지만 아름다운 포구를 보겠다는 설레임으로 걸어서 마침내 청사포에 도착했을 때 나는 실망하지 않을 수 없었다. 그곳에는 늘 꿈꾸어 오던 푸른 모래밭은 없고 시멘트 방파제만 있는 그렇고 그런 포구였기 때문이다.

어찌 보면 우리네 사는 인생도 이와 같은 것이 아닌가 하는 생각이 들었다. 야고보서에는 인생을 잠깐 있다가 사라지는 안개로 묘사하고 있다.

"여러분의 생명이 무엇입니까? 여러분은 잠깐 나타났다가 사라져 버리는 안개에 지나지 않습니다."

청사포에는 푸른 모래톱이 없다

방파제가 하나 있을 뿐

거기에는 잔뜩 그리움만 있다

청사포는 다만 그곳까지는 가는 길이

서럽게도 아름다울 뿐이다

달맞이 고개를 넘어서

파도치는 바다로 달려 내려가면

동해로 달리는 철로 변에

이국 풍경의 마을이 하나 있다

산다는 것은 청사포와도 같은 것

푸른 모래톱을 찾아 나서는

눈부신 환상일 뿐이다

청사포에는 푸른 모래톱이 없다

('청사포' 전편)

today's me

future's me

열정이 사라지면 솜이불을 덮어도 춥다

마음을 다스리는 한 줄 성서

다윗왕이 나이 많아 늙으니 이불을 덮어도 따뜻하지 아니한지라
(열왕기상 1:1)

베들레헴의 이름 없는 목동에서 이스라엘의 임금으로 오르기까지 다윗은 실로 파란만장한 생애를 살았다. 왕이 된 이후에도 주로 전쟁터에서 살았고, 영토를 확장하고 성전 건축의 기틀을 마련하는 등 명군^{名君}이었다. 그는 30세에 왕이 되어 헤브론에서 7년, 예루살렘에서 33년, 도합 40년간 이스라엘을 다스렸으므로 말년의 나이는 70세였다. 그토록 당당하던 다윗도 노년에는 이불을 덮어도 추운 노인에 불과했다. 인생무상이고 모든 것이 덧없는 것 아니겠는가. 그가 그리도 추운 까닭은 전쟁터에서 너무 많은 고생을

today's me

한 탓도 있겠지만 기력이 쇠하여 몸의 열정과 생기가 다 했기 때문이리라.

평생 장사를 하시며 밖에 나가 떨며 고생하신 어머니는 말년에 불을 지핀 방에서 솜이불을 덮고도 춥다며 몸을 떠셨다. 죽음을 앞둔 어느 장로님이 돌아가시기 전에 병상에서 춥다고 하시던 말씀이 아직도 귀에 들린다. 나이가 들어 열정과 사랑이 사라지면 천하의 그 누구라도 솜이불을 덮고도 추위에 온몸을 떨게 된다. 아직 젊어 열정과 사랑의 기운이 남아 있는 오늘이 얼마나 다행인가.

꽃 피우며 살던 날들은 모두다 어디로 갔나
우리도 머지않아 세월에 찍히고 쓰러져
삶의 진액들을 쏟으며 폐허로 남겠지
아직은 더운 몸, 내일이 아닌 바로 오늘
살아 숨 쉬는 날들을 잔치하자 ('모래내 시장에서' 중에서)

- 꿈과 열정이 사라지면 누구나 떨게 된다.

future's me

꽃보다 서러운 것이 사람이다

마음을 다스리는 한 줄 성서

여인에게서 난 사람은 사는 날이 적고 괴로움이 가득하며 그 발생함이 꽃과 같아서 쇠하여지고 그림자 같이 신속하여서 머물지 아니하리라 (욥기 14:1~2)

사람의 일생은 마치 꽃과 같다. 피었다 지며, 저녁이 오면 사라지는 그림자와 같다. 사람 수명이 칠십 혹은 건강하면 팔십까지 살아도, 사는 날 동안은 전쟁과 염려와 근심이 가득하다.

구약성서 예레미야 애가에 보면 "우리를 괴롭히거나 근심하게 하는 것은, 그분의 본심이 아니다."라고 나와 있고 창세기에는 근심은 인간의 타락으로 자초된 것이라고 한다. 성서에는 인간의 허무한 생애를 곧 지고 마는 꽃에 비유하기도 하지만 꽃보다 못한 것이 인생이라는 생각도 든

today's me

다. 주변을 돌아보면 사람으로 태어나서 한 번도 꽃 피워보지 못하고 세상을 떠나는 사람들이 많기 때문이다.

난지천 공원을 걸으며 생각한다
꽃보다 서러운 것이 사람이라고
제철을 만난 개나리와 왕벚꽃
나무야 철이 되면 꽃을 피운다지만
아, 때 한 번 못 만나 쓰러지는
쓸쓸한 인생이 얼마나 많은가
말라서 꺾이는 저 갈대처럼
허망한 것이 지상의 날들이며
꽃보다 서러운 것이 사람이다
그래도 세상의 희망을 노래해야지
개나리 왕벚꽃 핀 그늘 아래서
꽃으로 피지 못한 오늘을 서러워한다
('꽃보다 서러운 것이 사람이다', 전편)

future's me

세상의 영광은 들의 꽃과 같은 것

마음을 다스리는 한 줄 성서

인생은 그 날이 풀과 같으며 그 영화가 들의 꽃과 같도다 그것
은 바람이 지나면 없어지나니 그곳이 다시 알지 못하나라 (시편
103:15~16)

인생의 날은 풀이 눕고 일어서는 일처럼 사소한 일이다.
그런데 창조주는 이렇게 하찮은 존재에게마저 눈물 나도록
진한 사랑을 부어 주셨다.

암과 같은 질병, 전쟁, 교통사고 등 수많은 위험 속에서
언제 죽을지도 모르는 것이 오늘을 사는 우리들의 모습이
다. 아무리 명예와 영광을 누리다가도 갑자기 어려움에 처
할 수 있다. 인생의 날수가 칠십이요 강건하면 팔십이라 하
였는데 인생의 과정에서 영원한 것이 없으며 모두가 가변
적인 것들이다. 이런 사실을 경험하고 난 후에는 오로지 은

today's me

혜를 갈구할 수밖에 없다.

　인간 실존의 부조리함을 안다면 경쟁하고 욕심에 사로잡히는 삶의 허망함을 알게 되리라. 이렇게 생각해 보니 살아 있는 모든 것을 아픈 것으로 느끼는 시인의 마음을 알 것 같다.

　나는 이제 살아 있는 꽃을 보면

　가슴 아파진다

　며칠이면 시들어 떨어질 꽃의 눈매

　그 눈매 깨끗하고 싱싱할수록

　가슴 아파진다

　살아 있는 모든 것이 아프다

　(마종기, '동생을 위한 弔詩 9 造花' 중에서)

－ 살아 있는 것이 아픈 것이라는 걸 아는 순간, 철이 든 것이다.

future's me

개미에게 가서 보고 배우라

마음을 다스리는 한 줄 성서

게으른 자여 개미에게로 가서 그 하는 것을 보고 지혜를 얻으라 개미는 두령도 없고 간역자도 없고 주권자도 없으되 먹을 것을 여름 동안에 예비하며 추수 때에 양식을 모으느니라 (잠언 6:6~8)

이솝우화에 나오는 '개미와 베짱이' 이야기가 생각난다. 무더운 여름날, 찬 서리 내려 더 이상 일을 하지 못할 때를 대비해 부지런히 식량을 저장하는 개미와 여름 내내 노래 부르며 게으르게 소일하다가 겨울이 닥치자 먹을 것이 없어 개미에게 동냥하러 온 베짱이.

개미는 동서양을 통해 부지런함의 상징이다. 개미가 겨울을 대비하는 유비무환有備無患이나 식량을 모으는 기술을 배우라고 교훈한다. 개미들은 두령도 없고 감독자도 없고 통치자도 없는데 한겨울의 곤궁한 때를 대비하여 일사분란

today's me

하게 양식을 모으는 모습은 분명 인간들에게 본이 된다.

개미를 보면 인간들은 얼마나 어리석은가를 새삼 알게 된다. 사람들은 스스로 만물의 영장이라고 자랑하고 다니지만 갈 길 몰라 헤매는 것은 정작 자신들 아닌가.

 사방 천지에 길이 나 있다

 뱃길과 철길 고속도로와 지하철까지

 지상에 있는 모든 것들에겐

 가야할 길이 있다

 미물들은 배우지 않고서도

 모두 제 갈 길을 간다

 생명이면서도

 온갖 길을 만들었으면서

 갈 길 몰라 헤매는 것은

 오직 사람들뿐이다

 ('사람들뿐이다', 전편)

- 가야 할 길을 제대로 알지 못하는 것이 사람이다. 그래서 만물이 다 스승이다.

future's me

소중한 깨우침은 너무 늦게 찾아온다

마음을 다스리는 한 줄 성서

미련한 아들은 그 아비의 근심이 되고 그 어미의 고통이 되느니라
(잠언 17:25)

미련한 자식은 자신의 지혜를 믿고 부모의 훈계를 가볍게 여기다가 부모에게 괴로움을 주게 된다. 누구나 자신을 돌아보면 쉽게 알 수 있을 것이다. 어리석음 때문에 아버지는 늘 큰 한숨을 쉬셨으며 사랑이 많으신 어머니는 못난 자식을 위하여 그 모든 고통을 감수하셨다.

언제 근심을 풀어 드리고 고통에서 벗어나게 해 드릴 수 있을까? 아버지도 그렇지만 고통의 날을 살고 계시는 어머니를 생각하면 후회 되는 일이 많다. 살면서 얼마나 어머니의 가슴을 아프게 했는지 되돌아본다면 알 수 있을 것이다.

today's me

이런 소중한 깨우침이 조금이라도 일찍 찾아왔더라면 좋았을 것이라는 아쉬움이 있다. 사람이 때가 되면 마땅히 알아야 할 소중한 깨달음은 너무도 늦게 찾아온다.

소중한 것들은

너무 늦게 찾아온다

안식의 밤이 찾아들듯

소중한 것들은

별들을 거느리고

막차를 타고 온다

('소중한 것들에 대하여' 중에서)

- 익숙함에 젖어 소중한 것들을 잃어버리지 않도록 조심하라!

future's me

칭찬을 두려워하라

마음을 다스리는 한 줄 성서

도가니로 은을, 풀무로 금을, 칭찬으로 사람을 시련하느니라
(잠언 27:21)

순도가 좋은 금을 만들기 위해서는 모래나 흙으로부터 추출한 금가루를 도가니에 넣고 불을 더하고 풀무질을 여러 번 하게 된다. 이렇게 불순물을 제거하기를 반복하면 가락지 등의 장식물을 만들 수 있는 순금을 뽑아낼 수 있다.

사람의 됨됨이를 알아보기 위해서는 도가니에 넣고 풀무질하는 것처럼 칭찬을 해 보면 된다. 성숙한 사람은 남의 칭찬에 대하여 별 감정이 없으며 그 칭찬으로 올 수 있는 마음의 흐트러짐을 오히려 경계한다.

반면에 성숙하지 못한 사람은 칭찬을 원하거나 칭찬을 받

today's me

으면 우쭐해져 경거망동을 일삼는다.

맹자孟子를 보면 군자는 자신의 실력 이상으로 과분한 평가를 받으면 수치스럽게 생각한다고 했다聲聞過情 君子恥之.

남이 알아 주기를 원하고 허망한 것을 좇는 결과는 참담하다. 사람은 칭찬받는 것을 경계하여야 한다. 칭찬을 두려워할 줄 알아야 한다.

- 칭찬은 사람을 춤추게도 하지만 춤을 멈추지 못하게 할 수도 있다.

future's me

탐학이 지혜자를 우매하게 하고 뇌물이 사람의 명철을
망케 하느니라 (전도서 7:7)

以不貪爲寶
탐욕을 가지지 않는 것을 자신의 보배로 여기며 산다. (春秋)

3부

평생의 숙제 : 경제(Economy)
- 경제(Economy)문제 해결은 평생의 숙제다

사랑하였으므로 나는 행복하였노라

마음을 다스리는 한 줄 성서

....

흩어 구제하여도 더욱 부하게 되는 일이 있나니 과도히 아껴도 가
난하게 될 뿐이니라 (잠언 11:24)

써야 할 곳에까지 쓰지 않고 과도하게 아끼는 것은 마땅
히 해야 할 일을 하지 않는 것이다. 사람으로서 당연히 지
출해 도와야 하는 일임에도 불구하고 그렇게 안 할 때는 아
끼고 절약하는 것이 아니다. 자기의 필요를 희생하고 주고
싶은 열망으로 다른 사람에게 베푸는 것은 도道의 실천이
다. 주는 사람은 받기만 하는 사람보다는 더 고차적인 삶의
철학을 실천해 가는 사람이다.

유치환 시인의 '행복'이라는 시詩에도 사랑하는 것이 사랑
받는 것보다 행복하다는 뜻의 구절이 있다.

today's me

....

....

....

....

아낌없이 헌신적으로 주라. 때가 되면 풍성히 거두게 될 것이다. 그것이 사랑이든 선물이든 주는 것은 받는 것보다 나으니까.

사랑하는 것은
사랑을 받느니보다 행복하나니라
오늘도 나는 너에게 편지를 쓰나니
그리운 이여 그러면 안녕!
설령 이것이 이 세상 마지막 인사가 될지라도
사랑하였으므로 나는 진정 행복하였네라
(유치환, '행복' 중에서)

- 내게 주어진 것을 비울 수 있다면 채울 수 있는 준비가 된 사람이다.

future's me

어려울 때는 죽 한 그릇도 소중하다

네 동족이 빈한하게 되어 빈손으로 네 곁에 있거든 너는 그를 도와 객이나 우거하는 자처럼 너와 함께 생활하게 하되 너는 그에게 이식을 취하지 말고 네 하나님을 경외하여 네 형제로 너와 함께 생활하게 할 것이라 (레위기 25:35~36)

주변을 둘러보아 어려운 형제가 있으면 돕고, 도와주더라도 이자는 받지 말라는 뜻의 구절이다.

가까운 이웃이나 형제가 꾸어 주기를 원하면 거절하거나 다음에 오라고 돌려보내지 말고 가능한 후하게 꾸어 준다면 세상이 살 만하다고 여기게 되지 않을까. 꾸어 달라는 사람은 분명 곤경에 처한 사람인데 매몰차게 돌려보내거나 이자를 달라고 한다면 더 이상 기댈 언덕이 없게 되어 크게 낙심할 것이다. 꾸어 준 뒤에는 갚으라고 독촉하지 말고 형

today's me

편이 되어 갚기까지 기다려 주는 것은 큰 은혜를 베푸는 일이다.

정약용이 유배지에서 큰 아들에게 보낸 편지를 보면 어려운 친척을 도와주라고 하는 내용이 나온다.

"철이네 집에 급한 일이 생기면 모름지기 때때로 찾아가서 일을 처리해 주어라. 큰 추위나 홍수가 있으면 잊지 말고 식량이나 땔감을 대주어라. 이런 때 죽 한 그릇이라도 도와주는 것이 허름한 집 한 채 살 돈을 대주는 것보다 낫다."(정약용·박석무역, '유배지에서 보내 편지' 중에서)

어느 사회나 시대를 불문하고 가난한 자를 돌보고 이자를 받지 않는 것은 보편적인 인애의 정신이다. 지금 당신에게 와서 도움을 청하는 이웃이 있다면 빈손으로 돌려보내거나 마음에도 없으면서 다음에 오라고 돌려보내지 말고 도와주라. 어려운 이웃에게 베푼 것이 바로 하나님에게 한 것과 같다고 한 말씀을 기억하라.

future's me

재물을 쌓는 자, 그것을 거두는 자

사람들은 살면서 재물을 쌓을 궁리만 한다. 하지만 세상
을 이롭게 하기 위하여 사용되지 않는 재물이라면 무슨 소
용이 있을까? 농사꾼이 퇴비를 만들어 밭에 쌓아 두어도 아
무런 유익이 없는 것과 같다. 그것이 이랑마다 골고루 뿌려
져야 좋은 열매를 거둘 수 있기 때문이다. 누구나 갈 때는
빈손이라는 것을 기억해야 한다.

22년간 한 교회에서 시무하였고 42년간의 목회 생활을
은퇴한 신촌교회의 오창학 원로목사. 그에게는 교회에서
담임목사 자격으로 만든 통장 외에는 개인 명의로 어떤 통
장도 만들지 않았다. 70세 정년이 되어 교회를 떠나면서 교
회가 마련해 준 8억여 원의 집과 그동안 자신의 퇴직금 도
합 10억여 원을 받기를 거절하고 모두 자신이 시무하던 교
회에 주고 떠났다.

그는 전방부대 공병장교로 근무하던 시절 나가던 교회에 장교 퇴직금 전액을 헌금하여 강원노회의 원통교회를 세운 것을 비롯하여 자신이 시무하던 강원동노회에 속한 황지교회와 서울영락교회를 은퇴하고 나올 때 퇴직금 전액을 건축헌금과 영락보린원 등에 각각 기부하고 떠난 적이 있다.

이것은 들의 백합화와 공중의 나는 새도 입히시고 먹이신다는 여호와이레의 믿음에 따른 것이다. 그분은 지금도 일관되게 전국을 돌며 시무하던 때보다 더 바쁘게 복음을 전하고 있다. 영락교회의 한경직 목사도 은퇴하고 자신의 이름으로 된 집 한 채 없이 교회에서 매월 주는 생활비로 생활하다가 천국으로 가셨다. 전임자가 떠날 때 돈 문제로 인하여 시끄러운 한국 교회의 현실을 볼 때 참된 목자의 길이 무엇인지를 몸소 실천해 보인 셈이다.

등산을 하는 것은 인생과 유사하다. 사람들이 저마다 정상에 오르기를 희구하며 정상으로 향하지만 정상에 오르고 나면 빈손의 허공밖에 없다.

사전 약속도 없이 부산 이哥와 이리 김哥들

누구는 동에서 오르고

누구는 서에서 뛰고

누구는 남에서 오르고

누구는 북에서 치달린다

민대머리 지리산 반야봉이나 월출산 천황봉 정상에 가보면

모두들 모든 것 망해먹고 빈손의 허공들로나 웅성인다

(홍신선, '마음經3', 전편)

today's me

future's me

돈에는 자객이 따른다

마음을 다스리는 한 줄 성서

사람의 재물이 그 생명을 속할 수는 있으나 가난한 자는 협박을 받을 일이 없느니라 (잠언 13:8)

생명이 위난에 처했을 때 몸값을 지불하고 위험에서 벗어날 수 있다. 돈에는 칼을 찬 자객이 늘 따르고 그것을 지키기 위하여 가진 자의 근심이 클 수밖에 없다.

재물이 있는 사람은 마음을 열고 사람을 만날 수도 없다. 누가 빼앗아 가지는 않을까, 누가 돈을 빌려 달라고 하지는 않을까 염려하여 사람들과 가까이 지낼 수도 없다. 심지어 형제나 부모, 가족들과도 멀리하여 외롭고 쓸쓸한 날들을 살아간다.

today's me

가진 것이 없다고 마음 아파하지 말라.

사람 만나는 것을 매번 고민해야 하고 전전긍긍하는 수고는 안 해도 좋을 테니까.

먹을 것이 있으면 족한 줄을 알고 분수를 지켜 산다면 그것보다 더 자유로운 삶이 어디 있을까. 소유는 진정 나를 행복하게 할 순 없다. 물질은 없어도 매사에 주어지는 하나하나를 감사하게 생각하는 영혼을 가지는 것만이 진정한 행복이다.

- 지금을 감사하라! 그것이 행복이다.

future's me

좋은 의견을 내도록 하는 것이 리더가 할 일

마음을 다스리는 한 줄 성서

의논이 없으면 경영이 파하고 모사가 많으면 경영이 성립하느니라 (잠언 15:22)

리더십이 무엇인가에 대해서는 동서고금을 통하여 많은 이견이 있어 왔다. 기업 운영의 측면에서 볼 때 좋은 리더십이란 기업 구성원들이 좋은 의견을 많이 내도록 해서 조직 전체를 튼튼하게 만드는 것이다. 자유로운 의견이 나오도록 하느냐 못하느냐에 따라 조직의 성패가 좌우된다고 말하는 사람들도 있다.

시경詩經에 "훌륭한 말이 숨어 있게 해서는 안된다嘉言罔攸伏."는 말이 있다. 좋은 말이면 그것이 누구의 입으로부터 나왔건 채택되어야 함을 이르는 말이다. 괴테 역시 개인은

today's me

전체를 위하는 마음을 가지는 것이 개인의 진정한 의무임을 밝히고 있다.

언제나 전체를 보아라,

너 혼자서는 전체가 될 수는 없기 때문에

헌신하여 온전한 전체의 일원이 되라(괴테, '각자의 의무', 전편)

사람들이 하는 모든 일은 사람들의 의견 속에 정답이 있다. 경영은 사람들이 하는 것이다. 힘을 합하고 좋은 의견과 계획을 자유롭게 내고 일을 해간다면 경영은 성공한다. 경영자 한 사람의 판단과 근엄하고 경직된 명령만으로 이루어지는 것이 아니기 때문이다.

기업의 CEO 중에는 유머가 풍부한 사람들이 많다. 경험상 유머가 있어야 조직이 산다는 것을 잘 알기 때문이다. 유머는 직원들의 마음을 편하게 해서 자유롭게 지략들을 술술 풀어내기 시작한다. 일은 결국 주변의 함께하는 사람들의 도움으로 이루는 것이다.

future's me

보증을 서는 일은 미련한 짓이다

마음을 다스리는 한 줄 성서

지혜 없는 자는 남의 손을 잡고 그 이웃 앞에서 보증이 되느니라
(잠언 17:18)

성서에는 보증 서는 것을 금하고 있다. 보증은 의무를 부담하는 계약을 체결하는 것을 말한다. 그러기 때문에 이웃이 보는 앞에서 보증을 서는 것은 잘못되었다는 것이다. 보증을 서게 됨으로 인하여 가족이나 주변 사람들에게 어려움을 주는 일이 아니라면 문제가 안 될 것이다. 그러나 보증 때문에 일이 잘못되었을 때 자기의 명예가 훼손되는 것뿐 아니라 경제적인 곤란으로 인하여 가족을 포함한 지인들에게 어려움을 주기 때문에 문제가 된다. 누가 와서 직장에 입사를 하고자 하는데 추천서를 써 달라는 것과는 차원

today's me

이 다른 이야기다.

채무는 법적으로 상속의 포기나 한정 승인이라는 것을 하지 않는 한 소멸되지 않으며 결국 상속을 통하여 그 가족들에게도 물려주게 되니 참으로 무서운 것이다. 그 자식이 갚지 않는 한 채무의 그늘에서 벗어날 수가 없다.

보증 서는 것도 좋지 못한데 하물며 모든 증인들 앞에서 보증을 선다는 것은 더 어리석다. 주변에 보증 서는 이가 있으면 그에게 보증 서지 말 것을 충고해야 한다. 보증은 채무자로 부터의 변제가 되지 않을 경우 희생양을 넣는 것이다. 희생양으로 그 자리에 들어갈 필요는 없다.

성서의 말씀은 어리석은 자들을 진정으로 염려하는 마음에서 경고하는 말씀이니 우리가 스스로 희생양이 되는 것을 삼가는 것이 사는 지혜이기도 하다.

future's me

줄수록 차고 넘치는 비밀

가난한 자를 불쌍히 여기는 것은 여호와께 꾸이는 것이니 그 선행을 갚아 주시리라 (잠언 19:17)

힘없고 가난한 사람을 도우며 은혜를 베푸는 것은 하나님께서 우리에게 빌려 주신 마음이다.

성서는 지극히 작은 자들에게 한 것이 부지중에 하나님께 베푼 것이라고 말씀하셨다. 결국 선한 행위는 선한 열매를 맺게 될 것이고 악한 행위는 고통의 열매를 맺게 될 것이라는 이야기이다.

하지만 사람들은 이런 말씀을 무시하고 혼자만 잘살기 위해 동분서주하지 않는지 자문해 볼 일이다.

today's me

혼자만 잘살아보겠다고 이웃을 이용하며 자기중심적으로 살지는 않았는가?

모든 일에는 대가가 따르는데 어떤 대가를 얻을 것인가를 판단해야 할 것이다.

남을 불쌍히 여기지 않는다
의로운 일에는 눈을 감는다
어른 아이 없이 물질로 대한다
남을 속이는 지력을 몸에 익힌다
어제의 친구도 적이 될 수 있다
(김초혜, '부자가 되는 방법', 전편)

- 함께 부자가 될 수 있는 방법을 찾으라. 부자가 될 수 있는 가장 빠른 방법이기도 하다.

future's me

처음부터 빨리 성공한 사업은 쉽게 망한다

마음을 다스리는 한 줄 성서

처음에 속히 잡은 산업은 마침내 복이 되지 아니하느니라 (잠언 20:21)

어떤 성서에는 "처음부터 빨리 모은 재산은 행복하게 끝을 맺지 못한다."라고 쉽게 풀어쓰기도 했다.

처음에 속히 잡은 산업이라고 하는 것은 적법한 절차나 응당 지불하여야 할 노력의 대가 등이 없이 갑자기 얻어진 재산이나 사업적인 성공을 의미하는 것이다.

그런 재산은 쉽게 소비되는 동시에 삶의 자세를 잃게 만드는 결과를 초래하여 당사자에게 좋은 결과를 가져오지 못하는 경우가 많다.

쉽게 번 돈은 귀한 것으로 사용되지 않고 쉽게 나간다는

today's me

이유 때문인지 모르겠으나 복권에 당첨된 사람이 해피엔딩으로 끝나지 않고 자신을 망치는 일을 자주 볼 수 있다.

사업을 하는 경우에 있어서도 경험 없이 눈앞에 있는 것만 바라보고 급하게 시작했다면 사업을 시작하지 않은 것만 못할 것이다.

산업은 계속해서 변하는 것이기 때문에 속히 잡아서는 안되는 것이다.

"어떤 의인도 벼락부자가 된 일이 없다."

넌리 급하게 부자가 되고자 하는 자들을 경계하는 헬라시대의 격언은 예나 지금이나 변함이 없는 듯 하다.

- 성공한 사람들의 재물은 그 사람의 피와 땀과 시간과 동경이다.

future's me

절제하지 않음은 죄악이다

마음을 다스리는 한 줄 성서

연락을 좋아하는 자는 가난하게 되고 술과 기름을 좋아하는 자는
부하게 되지 못하느니라 (잠언 21:17)

향락은 방탕을 즐기는 무절제한 삶을 말한다. 유대 사회
에서의 기름 한 병은 노동자의 1년 치 임금에 맞먹을 정도
로 값비싼 것도 있어 사치한 삶을 상징하는 용어다. 사치하
고 음식을 절제하지 못하는 것은 몸을 망치는 것은 물론이
고 영혼을 망친다.

옛말에 "검소하고 조심스러우면 실수가 드물다以約失之者鮮
矣."는 말이 있듯이 절약하고 조심하는 것이 온전한 삶을 지
켜 주게 된다. 요즘처럼 살기가 어려울 때는 무절제하게 향
락과 기름진 것에 빠져서는 곤란하다.

얼마 전 구두를 닦으면서 돈 몇 천원의 소중함을 새삼 깨

today's me

90

우치게 되었다. 돈 몇 천원 벌기 위하여 남이 신던 신발을 받아들고 손에 검댕을 묻히며 정성껏 신발을 닦는 장애인 때문이었다. 절제가 없고 낭비하며 방탕한 것은 죄악이다.

어눌하고 거동이 불편한 사내가
손가락에 검정 때를 묻힌다
하루에 서른 켤레는 닦아야
입에 풀칠이나 할 수 있다며
자신의 고단한 삶을 닦는다
손가락에 검정 문신을 새기며
자신이 누구인지를 고백할 때
눈앞에 떨어지는 푸른 지폐 석 장
세상은 얼마나 지엄한 것인가
세상은 또 얼마나 경건한가
몇 천원을 우습게 아는 자여
그대는 내일 지옥에 가 있으리라
아침에 집을 나와 구두를 닦는다
어리석은 내 마음을 닦는다
('구두를 닦으며', 전편)

future's me

탐욕을 버리지 못하면 늙어서도 고생한다

탐욕이 지혜자를 우매하게 하고 뇌물이 사람의 명철을 망케 하느
니라 (전도서 7:7)

조심해야 할 것이 사람의 탐욕이다. 이利를 탐하는 것은
사람을 망치게 하며 수모를 겪게 한다. 분수를 알고 지나치
게 집착하지 말아야 하는데 도를 넘으면 재앙을 초래하게
된다.

춘추春秋에서 자한子罕은 "탐욕을 가지지 않는 것을 보배
로 여기며 산다以不貪爲寶."라고 하였다. 송나라 때 한 사람
이 밤늦게 보옥寶玉을 가지고 찾아와 바치려고 할 때 자한은
"그대는 옥玉을 보물로 여기며 살지만, 나는 옥을 받지 않는
것을 보물로 여기며 산다. 그대가 옥을 나에게 주면 그대는

today's me

92

보물을 잃을 것이며, 나는 내 보물을 잃게 될 것이다."라고
타이르며 돌려보냈다는 고사다.

　재산을 많이 모아 남부럽지 않게 살던 칠순을 넘은 노인
이, 투자하면 이익을 많이 남겨 준다는 말에 넘어가 30여
억 원이나 되는 돈을 다 날리고 말년에 가건물 단칸방에서
지난닐을 후회하며 지내는 것을 보았다.

　주변을 살펴보면 가진 것이 많아 자만하고 천둥번개 따위
에 아랑곳하지 않던 사람도 욕심의 노예가 되어 강물에 목
이 잠기는 인생을 살게 되는 경우가 얼마나 많은가.

　천둥 번개에도
　꿈쩍 않던
　그대가
　사물의 꿈에 빠져
　강물에
　목이 잠겼구나
　(김초혜, '허상', 전문)

재산을 모으는 법도

마음을 다스리는 한 줄 성서

불의로 치부하는 자는 자고새가 낳지 아니한 알을 품음 같아서 그 중년에 그것이 떠나겠고 필경은 어리석은 자가 되리라 (예레미야 17:11)

정당한 방법으로 부를 쌓지 않고 수단과 방법을 가리지 않는 불의한 방법으로 재물을 긁어모으는 자는 재물도 곧 허비되어 없어질 뿐 아니라 영적으로도 타락한 존재가 된다. "재물을 만드는 데는 대도가 있다生財有大道." 대학大學에 나오는 구절이다.

정당한 방법과 절차를 통하여 재물을 모으지 않으면 그 자체가 재앙이 될 수 있음을 알아야 한다. 힘없는 자를 밟고 재물을 얻어 집을 건축한다고 하더라도 거기 거주하지 못할 것이며 아름다운 포도원을 가꾸어도 그 포도주를 마

today's me

시지 못하게 될 것이다.

재물을 모으는 데도 일정한 원리가 있어 쉽게 또는 옳지 못한 방법으로 얻어진 재물은 진정한 자신의 소유가 될 수 없다. 스스로 고생을 통하여 땀 흘려 재산을 모은 것이 아니라 부모로부터 물려받은 사람 중에 그 재산을 지켜 나가는 사람은 많지 않다.

이런 저런 고생을 해서 자기 손으로 성공한 사람만이 재물의 소중함을 알고 이를 지켜 나갈 수 있다는 말이다.

고생을 피하고 정상적이지 않은 방법으로 얻은 재물은, 다른 새의 알을 품어 나중에 떠나는 새끼를 바라만 보아야 하는 자고새의 경우처럼 허망한 한낱 꿈일 수도 있다.

* 자고새 : 메추라기류의 조류의 일종

- 재물은 안락함과 편안함을 주는 동시에 재앙을 주기도 한다.

future's me

낮과 밤을 맞는 것이 인생

마음을 다스리는 한 줄 성서

진수를 먹던 자가 거리에 외로움이여 전에는 붉은 옷을 입고 길리운 자가 이제는 거름더미를 안았도다 (예레미야애가 4:5)

인생에는 부침浮沈이 있고 흥망성쇠興亡盛衰가 있기 마련이다. 오늘의 행복으로 내일의 행복을 보장할 수 없다. 오늘 흥하면 내일 망하는 날이 있고, 오늘 청춘이면 머지않아 노년의 날이 있음을 알아야한다.

뚜르게네프의 시를 보면 자명하다. 이것은 나라나 개인이나 마찬가지다.

어둡고 지친 날들이 다가왔다....

자신의 병, 내가 사랑하는 사람들의 노환, 그리고 노년기의 추

today's me

위와 어둠.... 그대가 지금까지 사랑한 것, 기약 없이 믿고 내맡긴 모든 것들이 시들어 쓰러진다.

(뚜르게네프, '노인' 중에서)

어제까지 권세를 잡고 잘살다가도 전쟁이나 기근 등이 생기면 한순간 나락으로 떨어져 고통을 받게 될 수도 있다. 이때에는 아무리 잘살고 권세 잡은 사람도 어찌해 볼 도리가 없다. 세상은 변하기 때문에 양지가 음지 되고, 음지가 양지 되는 것이 당연하다.

풍족할 때는 오히려 검소하게 하여 아끼고, 높은 자리에 있을 때는 잘 베풀어 은혜를 지켜 나가야 한다.

춘추春秋에 "군자는 현재 크게 흥해도 늘 위험을 잊지 않는다君子 安而不忘危."고 경계한다. 오늘은 크게 흥해도 호사스럽게 사치하면 오래가지 못하는 것이 역사의 교훈이다.

- 좋은 날을 만나더라도 항상 어려운 때를 잊지 말아야 한다.

future's me

선행은 은밀히 하는 것

마음을 다스리는 한 줄 성서

네 구제함이 은밀하게 하라 은밀한 중에 보시는 너의 아버지가 갚으시리라 (마태복음 6:4)

남을 도울 때는 오른손이 하는 것을 왼손이 모를 정도로 은밀하게 하라는 말이다. 선행을 하되 은밀히 하고 보상을 기다려서는 안 된다. 그러나 선행은 언제나 보상이 있다. 바로 보상이 주어질 수도 있지만, 다가올 미래에 주어질 수도 있다. 사람들은 그 사람의 은밀한 구제를 알지 못해도 은밀한 것까지도 다 보고 계시는 절대자가 갚아 주신다.

선한 일에는 겸손이 필요하다. 사람 앞에 자랑을 늘어놓으면 절대자 앞에서는 은혜를 구할 것이 없다. 또 사람들 앞에 자랑을 늘어놓게 되는 자들은 이웃을 무시하게 된다.

today's me

남을 도우며 떠벌이고 다녀 도움 받는 사람을 부끄럽게 하거나 자신의 의를 드러내지 말아야 한다.

성서는 은밀해야 할 구제를 다 알리고 떠벌리게 될 경우 이미 그런 행위로 자신이 받아야 할 상을 다 받은 것으로 말한다.

궁지도 이처럼 떠벌리지 말라고 히었다.

"선행을 떠벌리지 말고, 다른 사람에게 어려운 일을 시키지 말라無我善 無施勞."

- 부자가 재물을 통해 자랑할 수 있는 것은 겸손이여야 한다.

future's me

부자는 하늘나라 가기 어렵다

마음을 다스리는 한 줄 성서

오직 너희를 위하여 보물을 하늘에 쌓아두라 거기는 좀이나 동록이 해하지 못하며 도적이 구멍을 뚫지도 못하고 도적질도 못하느니라(마6:20)

아끼는 보물을 어디에 쌓아 두는가! 쌓아 두는 곳에 따라 그 사람의 됨됨이를 알 수 있다. 창고에 쌓아 두면 도둑이 구멍을 내고 도둑질을 하거나 좀과 같은 벌레가 먹거나 녹이 생겨 재물의 손상을 입게 된다. 그러나 선한 일에 사용하면 재물의 손상을 염려하지 않아도 되며 영원히 선행으로 남아 있게 된다.

선행을 하고 후하게 흩어서 널리 도와야 한다. 예수는 '네가 완전한 사람이 되고자 하거든, 가서 네 소유를 팔아서, 가난한 사람에게 주면 하늘의 보화를 차지하게 될 것이라.'

today's me

고 하였다. 재물이란 세상에 와서 사람들의 도움을 통하여 축적된 것으로 결국 그들을 위하여 사용되어야 하며, 재물 자체를 가지고 이 땅을 떠날 수도 없다. 필요 이상의 재물은 욕심이며 욕심을 추구하다가는 더 큰 것을 잃게 된다.

아프리카 원숭이 이야기는 시사하는 바가 크다.

아프리카에서 원숭이를 잡을 때 무서운 상사에 원숭이 손이 겨우 들어갈 만큼의 구멍을 내고 그 안에 과일을 넣어둔다. 원숭이는 그것을 꺼내려고 손을 집어넣었다가 잡히고 만다. 손에 움켜쥔 과일에 대한 욕심 때문에 손을 빼지 못하여 도망가지 못하고 붙잡히게 되는 것이다. 과일을 놓기만 하면 손이 빠져 도망갈 수 있을 텐데 원숭이는 어리석게도 계속 과일을 움켜쥐고 있는 바람에 산 채로 잡히는 것이다.

욕심으로 자신을 망치지 말고, 사회를 위해 나누고 베푸는 것이 하늘의 지혜다.

future's me

돈을 사랑함이 일만 악의 뿌리

마음을 다스리는 한 줄 성서

돈을 사랑함이 일만 악의 뿌리가 되나니 이것을 사모하는 자들
이 미혹을 받아 믿음에서 떠나 많은 근심으로써 자기를 찔렀도다
(디모데전서 6:10)

사람 살아가는 데 돈은 필요하다. 일용할 양식을 구하는
데도 필요하고, 생활하고 사업하는 데에도 돈이 필요하다.
하지만 돈을 사랑하는 욕심에 빠지게 되면 사람이 염치가
없어지고 예의 도덕도 모르며 사람 같지 않은 행동을 일삼
기 때문에 문제가 되는 것이다. 돈에 대한 욕망은 올무에
빠져 멸망에 이르게 한다.

탐욕은 모든 악의 뿌리다. 탐욕을 가지면 분수를 지키지
못하게 되고 도리에서 떠나게 된다. 돈으로 세상만사가 다
해결되는 것이 아니다. 오히려 인류 역사는 돈이 없는 사람

today's me

들의 노력이 만들어 낸 것이라고 볼 수 있다.

월터 스콧Walter Scott은 "이 세상에 칼집에서 나온 칼이 인간의 육체를 죽인 것보다 더 많이 돈이 사람의 정신을 죽였다."고 하지 않았나!

자신이 희생되는 것도 모른 채 돈만 사랑하는 우매함이 안타깝다. 돈을 사랑하는 사람은 절대자의 진리를 삶의 중심에 간직할 수가 없다. 돈이라는 또 다른 우상을 숭배하기 때문이다.

성서에서는 돈과 하나님을 겸하여 섬길 수 없으며, 돈을 사랑함이 일만 악의 뿌리라고까지 말하고 있다. 오죽하면 부자가 천국을 가는 것보다 낙타가 바늘귀를 통과하는 것이 쉽다고 했을까.

- 재물이 과하면 남의 것도 탐하게 되며 자신마저 삼키게 된다. 그때는 재물이 더 이상 자신의 소유가 아님을 기억해야 한다.

future's me

행복은 늘 가까이 있다

마음을 다스리는 한 줄 성서

돈을 사랑치 말고 있는 바를 족한 줄로 알라 그가 친히 말씀하시기를 내가 과연 너희를 버리지 아니하고 과연 너희를 떠나지 아니하리라 하셨느니라 (히브리서 13:5)

돈을 향한 탐욕은 타인의 권리를 짓밟고 자신의 욕심을 채우는 결과를 가져오며 의로움에서 멀어지고 죄를 향하게 된다. 결국 사람을 망치는 것은 재물이나 성, 명예를 추구하는 집착과 같은 욕심이며 그것은 일종의 우상을 숭배하는 일과도 같다. 욕심을 버리고 분수를 지키는 것이 지혜로운 사람이다. 자족하는 마음이 있어야, 더불어 살아가는 것이 우리에게 말할 수 없는 유익과 보탬이 된다는 사실을 깨닫게 된다.

공자는 "예는 사치보다 검약에 있다禮與其奢也 寧儉."고 했

today's me

다. 자족하기 위해서는 사치를 버리고 근검절약을 몸에 익혀야 할 것이다. 사람은 세상에 아무것도 가지고 온 것이 없으므로 아무것도 가지고 가지 못한다. 먹을 것과 입을 것이 있는 것으로 족한 줄을 알아야 한다. 거창하게 살아보겠다고 마음먹는 사람들은 스스로 올무에 걸리는 것일 수도 있다.

사람은 모름지기 욕심을 제어하여 모든 생명과 물자를 절약하고 자제하는 도道를 실천해야만 한다. 그 도는 멀리에 있지 않다. 다만 그것을 발견하지 못할 뿐이다.

그대 자꾸만 헤매는 것인가
선善은 늘 손 닿을 곳에 있다
다만 그것을 붙잡는 것만 배우면 되리
행복은 늘 여기 가까이 있으니까
(괴테, '상기', 전편)

- 행복은 가까이 있다. 행복만큼 가까운 곳에 탐욕도 있다.

future's me

주께서 저희를 눈물 양식으로 먹이시며
다량의 눈물을 마시게 하셨나이다 (시편 80:5)

愛之能勿勞乎
사랑한다면 고생을 시켜라. (論語)

4부

성공의 필수조건 : 시련(Trial)
- 시련(Trial)은 성공을 위한 필수조건

사랑하면 눈물 젖은 빵을 먹이라

마음을 다스리는 한 줄 성서

주께서 저희를 눈물 양식으로 먹이시며 다량의 눈물을 마시게 하셨나이다 (시편 80:5)

눈물의 양식은 우리 영혼에 반드시 필요하다. 웃고 즐거워하는 것보다 때로는 눈물의 골짜기에서 어려움을 겪고 그 어려움을 이겨낸다면 더욱 풍부하고 견고한 삶을 영위해 나갈 수 있다.

공자는 논어論語에서 "사랑한다면 고생을 시켜라愛之能勿勞乎."고 했다. 잠시 고생을 하는 오늘이 안쓰럽지만 사랑하는 사람의 장래를 보아 참고 그렇게 하라는 말이다. 성서에도 젊어서는 멍에를 메라며 연단의 필요성을 강조했다.

눈물 젖은 빵을 먹어 보지 못한 자들과는 인생을 논하지

today's me

_____

_____

_____

_____

말라고 하던가. 눈물 흘리는 수고 없이는 열매도 없다. 시련은 인생의 필수적인 것으로 우리가 기꺼이 통과해야 하는 과정이다.

소망하는 것들을 모두 잃어버리고
맨바닥으로 떨어지면서 나는 알았다
사람이 겸손해야만 하는 이유와
살기 위해 몸부림치는 사람들을
말없이 껴안아 주어야만 하는 까닭을
살아보니 생은 깊고도 무섭더라
삶의 영광이 별스런 것이더냐
목숨 붙어 있는 것이 희망인 것을
살아만 있어도 이미 승리라는 것을
그해 겨울 나는 알았네
('그해 겨울', 전편)

- 성숙한 삶을 위해서는 눈물이 양식이 필요하다.

future's me

고난당한 것이 오히려 유익이라

마음을 다스리는 한 줄 성서

고난 당한 것이 내게 유익이라 이로 인하여 내가 주의 율례를 배
우게 되었나이다 (시편 119:71)

나무에게도 사람에게도 겨울은 필요하다. 겨울 동안 나
무는 성장과 발전을 멈추지만 땅속 깊이 뿌리를 내리고 나
이테를 만들며 생명을 유지해 간다. 땅은 그동안 쉬며 풍성
한 활동을 위한 준비를 한다. 세상의 추위마저도 다 존재이
유가 있다.

인생도 마찬가지여서 인생에도 생의 겨울이 필요하다.

고난은 삶을 망치는 화禍가 아니라 더욱 윤이 나고 깊이
있고 기름진 삶을 위한 거름이다. 고난을 경험하지 않고는
감사하는 마음을 가질 수 없다. 살다 보면 인생의 굴곡이

today's me

_____

_____

_____

_____

없이 평탄한 시절을 보내는 때가 있는가 하면, 산을 오르고 파도를 넘으며 괴로워할 때가 있다. 혹한의 겨울을 이기고 피는 꽃이 향기가 그윽하듯 고통 속을 이기고 나온 사람이 아름답다.

일을 마친 석양이 지는 귀가 시간
오십 키로를 달려서 낭노한 곳
경기도 김포시 양촌면 덕포진
한때는 외세와 싸워 이긴 격전지
이양선이 출몰하는 도시의 일상에서
쓰러지지 않기를 다짐하며
노을이 지는 포구를 걷는다
누가 이 서러움을 알아 줄 것인가
생이 아름다워지기 위해서는
나는 얼마를 더 변방을 서성이며
이렇게 외로워해야만 하는가
('덕포진', 전편)

future's me
_____
_____
_____
_____

울며 씨 뿌리는 자 기쁨으로 단을 거두리라

마음을 다스리는 한 줄 성서

눈물을 흘리며 씨를 뿌리는 자는 기쁨으로 거두리로다
(시편 126:5)

성서에 하나님을 바라며 흘리는 눈물은 큰힘이 있다고 했다. 이스라엘이 바벨론 포로생활에서 눈물로 회개하며 바벨론의 악정을 그치게 해 달라고 소망한 결과 포로생활로부터 해방되게 하셨다. 또 하나님은 죽음 앞에서 드린 히스기야 왕의 눈물의 기도에 15년간의 목숨의 연장을 허락하셨다.

오늘날 이혼이 증가하고 자살이 증가한다는 것은 무엇을 의미하는가. 너무 쉽게 포기해 버리고 참고 인내하는 사람들이 없다는 이야기가 아닐까? 어렵고 쓸쓸하여 눈물짓는

today's me

시간들 속에서도 열매를 맺기 위해 인내하는 날을 살아야 한다.

생각해 보면 울며 씨를 뿌릴 수 있는 것만으로도 귀한 것 아닌가. 죽지 않고 두 눈 뜨고 살아 씨를 뿌릴 수 있는 것만으로도 가슴 뭉클한 감동이고 감사의 이유가 된다.

> 감동할 줄 모르는 사람은
> 감사할 줄 모르는 사람입니다
> 살아 있음 자체만으로도
> 얼마나 큰 감사와 은총인지를
> 나는 몇 번씩 죽음 앞에 세워지고 나서야
> 깨달을 수 있었습니다
> (박노해, '감동을 위하여' 중에서)

- 포기는 열매를 맺을 수 없다. 그래서 이기적이다.

future's me

축복받을 나의 탄식

마음을 다스리는 한 줄 성서

밭가는 자가 내 등에 갈아 그 고랑을 길게 지었도다 (시편 129:3)

　말로 표현하지 못할 고통을 받는다는 것에 대해 어떤 것으로 아픔을 비유할 수 있을까! 우리가 시도 때도 없이 외세로부터 고통을 받았듯이 이스라엘도 바벨론으로부터 심하게 박해를 받았다. 당시에는 사람을 박해하고 괴롭히는 것을 두고 흔히 등에 밭 갈았다는 식으로 표현을 했다. 사람과 사람, 민족과 민족 사이에서 생겨나는 힘든 상황을 땅을 갈아 엎는 것으로 실감있게 표현한 것이다.

　힘든 고통의 상황은 언제나 우리 곁에 있다. 사람들과의 관계가 힘들어 흔들리며 사는 것이 인간의 일상이다. 하지만 우리들 곁에서 이런 모습을 지켜보고 계시는 분이 있어

today's me

이 고통의 줄을 끊어 주신다. 일상의 고통은 무작정 계속되지 않을 것이며, 분명 그 끝이 우리 앞으로 다가올 것이다. 참고 인내하라! 고통은 잠시 있다가 지나가는 그림자에 불과하다. 그래서 소망은 언제나 있다.

그대가 원하는 일이면 그렇게 하라
내가 가장 만만하다면 그렇게 하라
밟고 또 밟다가 마침내는 잘라 버리고
그렇게 해서 그대들의 자리가 넓어지고
그대들이 더 높아진다면 그렇게 하라
내가 할 일은 두 눈 뜨고 바라보며
꿈틀대지조차 않고 당하고만 있을 뿐
내 복수를 위해 그런 것이 아니다
한 없이 서러워지고 낮아져서
혹 그대들의 자리에 섰을 때
당하는 자들을 헤아리기 위함이다
그대들이 원하면 그렇게 하라 ('원하면 그렇게 하라', 전편)

모든 것이 마음먹기에 달렸다

마음을 다스리는 한 줄 성서

무릇 지킬만한 것보다 더욱 네 마음을 지키라 생명의 근원이 이에서 남이니라 (잠언 4:23)

마음은 건강의 근원이고 생명의 근원이 된다. 마음이라는 것은 매우 여리고 약하다. 건강하게 잘 생활하던 어떤 사람이 몸이 이상하여 병원에 갔더니 전립선암으로 앞으로 6개월밖에 살 수 없다는 진단을 받았다. 그는 하늘이 무너지는 마음으로 괴로워하다가 병원에 갔다 온 지 며칠 뒤에 사망하였다. 암으로 얼마 살지 못한다는 죽음의 선고 앞에서 낙담하여 자신의 마음을 지키지 못하고 결국 죽어버린 것이다.

사람의 마음은 이처럼 약하다. 오늘날 많은 사람들의 마음이 스트레스로 인하여 질병의 위험에 노출되어 있다.

성서에 나오는 요동하는 마음, 정함이 없는 마음, 두 마음 등의 표현은 분열된 마음을 말하는 것으로 이런 마음을 가지고는 진실한 것을 행할 수가 없다.

젊은 시절 마음을 정하지 못해 두 마음을 품고 바닷가를 헤매던 시절이 있었다. 지금 생각해 보면 왜 그렇게도 마음을 정하지 못했는지 알 수 없지만 당시로서는 꽤나 심각했던 모양이다.

일체유심조一切唯心造라는 말처럼 모든 것이 사람 마음먹기에 달렸는데도 말이다.

출장을 핑계로 떠나온 서해바다

폭설에 갇혀 버린 만리포에서

대책 없이 바다만 바라본다

세상은 온통 눈으로 파묻혀

이 소읍까지 달려왔던 길들과

다시 돌아가야 할 길들은

한치 앞도 보이지 않고

떠나오면 아무것도 아닌 것

그렇고 그런 평범한 일상들인데

이렇게도 난장을 떨고 나서야

눈 떠지는 내 영혼이 부끄럽다

세상 어디에도 없을 방주를 찾아

얼마를 더 방황해야만 하는가

칼날 같은 파도를 입에 물고

살풀이춤을 추고 있는 겨울바다

이제 내 삶의 현장으로 돌아가야지

방주도 천국도 내가 모두 삼키고는

겨울 만리포 이 무슨 청승인가

('겨울 만리포에서' 전편)

- 마음이 사람을 지배한다. 그래서 마음을 지키는 법을 알아야 한다.

today's me

future's me

마음의 근심은 뼈를 마르게 한다

마음을 다스리는 한 줄 성서

마음의 즐거움은 얼굴을 빛나게 하여도 마음의 근심은 심령을 상하게 하느니라 (잠언 15:13)

미국의 16대 대통령 링컨Abraham Lincoln은 나이 40이 되면 자신의 얼굴에 대하여 스스로 책임을 질 수 있어야 한다고 말했다. 얼굴이 환하게 빛나는 것은 마음이 기뻐야 가능한 것이다.

일상에서 근심을 부르는 많은 일들이 있겠지만 이런 고통의 일들을 통하여 좌절하고 방황할 것이 아니라 현실을 직시하고 나아갈 수 있는 영혼의 눈을 떠야만 한다.

근심은 사람의 뼈를 마르게 하고 마음을 상하게 하고 능력을 빼앗아 간다. 사도 바울은 로마 감옥에 갇혀서 죽음을

today's me

기다리고 있었다. 멀리 있는 신앙의 아들 디모데에게 쓴 편지에서 "올 때, 드로아에 사는 가보의 집에 두고 온 외투를 가져 오라."고 말할 정도로 곤궁하고 어려운 처지였음을 알 수 있다. 하지만 편지의 내용에서 볼 때 입을 옷 이외에는 다른 어떤 것도 부탁하지 않았다. 그는 어느 때보다 충만했으며 근심으로부터 자유로운 사람이었다.

사람이 근심을 한다고 당면한 문제가 해결되는 것도 아니며 자신에게 좋은 결과를 가져오지도 않는다. 근심을 바로 보고 대처하면 좋은 날을 볼 수 있는 능력이 생길 것이다.

멀리 보고 여유있게 상황을 바라볼 수 있는 마음의 태도가 필요하다. 하루의 괴로움은 그날로 족하다는 마음을 먹고 편히 기다릴 수 있는 배포가 필요하다. 내일 어떤 일이 일어날지는 알 수 없지만 그 문제는 내일 가서 해결해야 할 일이지 오늘 걱정할 일이 아니다.

- 살다 보면 가끔씩 대범해질 필요가 있다.

future's me

모든 일에는 때가 있다

마음을 다스리는 한 줄 성서

천하에 범사가 기한이 있고 모든 목적이 이룰 때가 있나니 날 때가 있고 죽을 때가 있으며 심을 때가 있고 심은 것을 뽑을 때가 있으며 죽일 때가 있고 치료 시킬 때가 있으며 헐 때가 있고 세울 때가 있으며 울 때가 있고 웃을 때가 있으며 슬퍼할 때가 있고 춤출 때가 있으며 (전도서 3:1~4)

세상만사 모든 일에는 정한 때가 있는 것 같다. 악한 사람의 탄압으로 고통 속에 있더라도 거기서 해방이 되고 압제자가 망하는 때가 있고, 울며 씨 뿌리는 자가 기쁨으로 곡식단을 거두는 추수의 때가 있듯 만사에는 정한 기한이 있다고 본다.

때가 되면 때에 맞는 합당한 행동을 할 필요가 있다. 도덕경에 "세상의 힘든 일은 하기 쉬울 때 해야 하고, 세상의 큰일은 작을 때 해야 한다 天下難事 必作於易 天下大事 必作於細."는 말처럼 일을 해야 할 때가 오면 주저할 것이 없이 행해야 한다.

그렇지 않고 때가 되어도 자신의 칼 쓰기를 주저하여 눈
치만 살피고 마땅히 해야 할 바를 하지 않는다면 게으름에
대한 책임을 추궁당하게 될 것이다.

　몇 해 전 일상에서 감사를 잊고 내 마음대로 살다가 몸에
병을 얻어 수술 날짜를 기다리던 때였다. 평범한 일상이 얼
마나 그리웠는지 모른다.

　이비인후과 병동에 갇혀
　눈 내린 세상을 바라본다
　여름날 과로했던 쿨링타워는
　머리에 하얀 깁스를 하고
　중환자처럼 쓰러져 누웠다
　한계를 넘은 과로 뒤에는
　깊은 잠만이 치유하리라

세상은 온통 눈의 마법에 걸려
두 눈을 감고 기도 중이다
모든 일에는 때가 있다
엉겨 붙어 사랑할 때와
원수처럼 서로를 버릴 때와
신명이 나서 우쭐거릴 때와
오늘처럼 수술 날을 기다리며
창밖을 바라보는 때가 있다

어제의 평범한 일상이 그립다
귓전을 울리며 깔깔대던
늦둥이의 웃음소리가 그립다
나는 다시 돌아갈 수 있을까
나의 지지자들이 모여 사는
천국 같은 일상으로
나는 돌아갈 수 있을까
('모든 것은 때가 있다' 전편)

- 염려하지 말라. 아직 그대의 때가 오지 않았을 뿐이다.

today's me

future's me

젊은 날의 고생이 당신을 살리리라

마음을 다스리는 한 줄 성서

사람이 젊었을 때에 멍에를 메는 것이 좋으니 (예레미야애가 3:27)

사람이 젊을 때는 멍에를 메는 것을 싫어하고 그것으로부터 멀리 도망을 가고 싶어 한다. 하지만 멍에를 많이 메어 볼수록 단련이 되어 훌륭한 사람으로 성장할 수 있게 된다.

젊은 날 눈물 젖은 빵의 소중함과 인생의 시련을 많이 받아보라. 당신의 생각하는 것 이상으로 당신은 온전한 사람이 될 것이다. 그러나 멍에를 피하고 요령껏 살아가는 자의 열매는 기대할 것이 없다.

today's me

소설 〈데미안〉에 나오는 싱클레어의 말을 기억할 것이다.

"새는 알에서 나오려고 투쟁한다. 알은 세계이다. 태어나려는 자는 하나의 세계를 깨뜨려야 한다."

성공한 사람들은 흔히 젊은 날 배를 곯으며 고생한 것이 오늘날 자신을 있게 했다고 고백한다. 그렇기 때문에 멍에를 메는 것을 부끄러워하지 말아야 한다. 오히려 젊은 날의 고생이 성공을 위한 동력이 될 것이다.

- 젊을 때 고생하는 것은 성공을 위한 마르지 않는 샘이 될 것이다.

future's me

굶주리는 고통이 가장 크다

마음을 다스리는 한 줄 성서

칼에 죽은 자가 주려 죽은 자보다 나음은 토지 소산이 끊어지므로 이들이 찔림 같이 점점 쇠약하여 감이로다 (예레미야애가 4:9)

칼에 찔려 죽은 자들은 호흡이 빨리 끊어져 고통이 길지 않다. 하지만 굶주려 죽는 경우 배가 고파서 기아 상태에서 괴로워하며 서서히 죽어 가게 된다.

성서에는 전쟁과 기근으로 인하여 심지어 자기 자녀를 삶아 먹는 광경도 나온다. 창자가 끊어지는 아픔 속에서 죽어 가는 고통은 세상의 어떤 고통보다도 클 것이다.

요즘 세상에는 이런 이야기가 잘 이해가 되지 않는 사람들이 많을 것이다. 풍족하여 언제든지 원하면 사먹을 수 있으며 영양이 넘쳐나는 시대이기 때문에 주리는 고통을 알

today's me

길이 없다.

지금도 굶주림의 고통을 당하지 않기 위해서 살기 위한 노력을 아끼지 말아야 할 것이다.

왜 다들 저렇게 분주히 돌아다니며 떠들고 있는가?

다 먹고 살려고 하는 짓거리

아이들을 낳고 그 아이들에게 잘 먹이려는 것이다

되도록 더 잘

기억하라 인생들이여

명심하고 집으로 가서도 그렇게 하라!

어느 누구도 그 이상 해낼 수 없다

제 아무리 노력한다 해도

(괴테, '베니스경구' 중에서)

- 굶주림이 오기 전에 미리 준비하는 것이 지혜다.

future's me

내일 일은 내일 염려하라

마음을 다스리는 한 줄 성서

내일 일을 위하여 염려하지 말라 내일 일은 내일 염려할 것이요 한 날 괴로움은 그 날에 족하니라 (마태복음 6:34)

누구든지 견고히 서고자 하는 자는 내일에 살 것이 아니라 항상 오늘을 살아야 한다. 일상을 살아가면서 매일 매일 다른 염려가 생겨난다. 오늘은 이런 염려가 생겨나면 내일은 저런 염려가 생겨난다. 내일의 염려는 내일 염려할 것이요 오늘은 오늘의 염려로 족하다는 말이다.

무엇을 먹을까 무엇을 마실까 무엇을 입을까를 염려하기보다 오늘 있는 자리에서 내가 해야 할 일을 하는 사람이 되어야 한다. 쓸데없는 염려와 근심은 오늘 일할 수 있는 동력까지 떨어뜨리는 일이다.

today's me

살면서 이런 저런 걱정거리로 정작 아껴야 할 자신을 잊고 살지는 않았는지도 생각해 보면 좋겠다. 집 한 채 사기 위해 다른 모든 것을 희생한 채 맹목적으로 달려오지는 않았는지 돌이켜 볼 일이다.

이 땅에 집 한 채 짓기 위하여
오직 집만 보면서 달려 왔구나
나무도 새도 보지 못하고
하늘도 별도 바라보지 못하고
잠시 몸담았다 비우고 갈
이 땅에 집 한 채 짓기 위하여
멋진 깃발 하나 흔들기 위하여
비오는 새벽에도 들에 나서고
새들 숲속으로 돌아간 밤에도
불 끄고 잠들지 못하였구나
(임문혁, '이 땅에 집 한채 짓기 위하여', 전편)

future's me

131

자랑하려면 약점을 자랑하라

마음을 다스리는 한 줄 성서

내 은혜가 네게 족하도다 이는 내 능력이 약한데서 온전하여짐이
라 하신지라 이러므로 도리어 크게 기뻐함으로 나의 여러 약한 것
들에 대하여 자랑하리니 이는 그리스도의 능력으로 내게 머물게
하려함이라 (고린도후서 12:9)

사람은 자기 능력으로 해결 불가능한 시련이나 약점을 끼
고 사는 것으로 절대자의 도우심을 경험할 수 있다. 사도
바울은 육체의 가시를 없애달라고 세 번이나 간구했음에도
불구하고 하나님의 대답은 "내 은혜가 네게 족하다"였다.
바울에게 있는 육체의 가시는 바울이 거만해 지지 않게 하
는 파수꾼과 같은 것이었다. 그런 의미에서 바울의 가시는
오히려 능력의 원천으로서 보배로운 것이라는 생각마저 든
다. 그 가시를 느낄 때마다 하나님과 사람들에게 간절해질

today's me

수 있었을 테니 말이다.

성서에 보면 하나님은 자주 사람의 약한 면을 이용해 나타나셨다. 누가 보더라도 하나님이 돕고 계시다는 것을 알게 하시려는 것이다. 그러니 하나님을 믿는 사람들에게는 약점이 더 이상 약점이 아니게 된다.

결국 우리가 자랑할 것은 약함이 아닐까. 스스로 약함을 인정하고 약점을 겸허히 받아들이면 더 큰 존재의 도우심이 시작될 수 있기 때문이다.

가슴 열렸을 그 순간

이 지상은 아름답다

그대 그렇게 인상을 찌푸리고 서 있었으니

정녕 바라볼 줄을 몰랐구나

(괴테, '잠언' 중에서)

— 진정한 약함과 강함은 용기가 있고 없고로 구별된다.

future's me

....

....

....

....

....

시험당한 것이 도리어 축복이라

마음을 다스리는 한 줄 성서

형제들아 너희가 여러 가지 시험을 만나거든 온전히 기쁘게 여기라 (야고보서 1:2)

알에서 새가 부화하기 위하여 애를 쓰는 것을 본 적이 있다. 그 모습이 너무 안타까워 쉽게 빠져 나올 수 있도록 알을 깨 주면 새는 잘 자라지 못하게 된다. 생명체가 삶을 위해 애쓰는 것은 성장하는 데 꼭 필요하다.

이 땅의 모든 것들이 삶을 위하여 애쓰고 고통을 받는 것은 도리어 축복이 아닌가! 이 사회에서 성공한 정치가, 기업인, 교육자, 종교인을 막론하고 어느 누구도 시련의 과정을 통과하지 않은 사람이 없으니 말이다.

today's me

기억할 일이 하나 있다. 시험은 축복의 또 다른 이름이라는 것이다.

"우리, 승리할 때나 환난을 만날 때나
그 사기꾼들을 동일하게 대할 수만 있다면"
(리드야드 키플링, '만일' 중에서)

시험을 당할 때에 아무도 내가 하나님께 시험을 당하고 있다고 말하지 마라. 하나님께서는 악에게 시험을 받지도 않으시고, 또 스스로 아무도 시험하지 않으신다.

사람이 시험을 당하는 것은 각각 자기의 욕심에 이끌려서, 꾐에 빠지기 때문이다. 욕심을 잉태하면 죄를 낳고, 죄가 자라면 죽음을 낳는다. 시험을, 생의 뿌리를 굳건히 세워 주는 유익한 것으로 받아들이라!

이것이 오늘을 바르게 사는 삶의 태도이다.

- 우리에게 찾아오는 시련을 먼저 인정하라! 그것은 시련을 이기는 첫 번째 해답이며, 오늘을 사는 우리의 삶의 태도이기도 하다.

future's me

애통해 하는 마음이 없음을 절망하라

마음을 다스리는 한 줄 성서

슬퍼하며 애통하며 울지어다 너희 웃음을 애통으로, 너희 즐거움을 근심으로 바꿀찌어다 (야고보서 4:9)

진정 애통해 하는 사람은 복이 있다. 오늘날에는 애통한 마음을 가지고 있는 사람이 많지 않다. 마음으로 간절하게 바라고 회개하는 마음을 가진 사람들이 줄어들고 있다. 다시는 겪어서는 안 되는 슬픈 일이나 잘못 든 길에서 돌이켜 무릎을 꿇고 소리 내어 울며 참회하는 마음이 없다.

애통해 하는 마음이 없으면 잘못으로부터 다시 일어설 수도 없다. 자신의 처지를 잘 살펴 잘못된 일이 있으면 자신을 낮추고 돌이켜야 한다.

이렇게 되기 위해서는 더욱 외로워져야 하고 밑바닥까지
내려가는 뉘우침이 필요하다.
　축복받는 삶이 되기 위해서는 더 외로워져야 한다는 아래
의 시도 이와 상통하는 내용이 아닐까!

이대로는 안되겠다 더 외로워져야겠다
새벽에 집을 나와 바람속을 떠돌며
아무래도 나는 더 외로워져야겠다

해가 떠오르는 언덕에 차를 세우고
나이가 들어갈수록 갈 길 몰라 헤매는
중년의 날들이 자꾸만 부끄럽다

말과 행동을 성城처럼 쌓아올릴
눈부신 잠언들을 길어 올리기까지
나의 외로움은 아직도 까맣게 멀었다

얼마를 더 외로워해야만 하나
다리 한 번 쭉 뻗고 살아 보기 위해
나의 외로움은 이 정도로는 안되겠다
죽음의 문턱까지 내려가 보아야겠다
한 톨 아쉬움과 반성도 남지 않도록
아무래도 나는 더 외로워져야겠다
바람 속 낯선 길을 더 달려야겠다
('안 되겠다 더 위로워져야겠다', 전편)

- 외로움이 짙어진다는 것은 무엇이든, 누구이든 간절히 기다린다는 것!

today's me

future's me

사는 것은 흔들리는 것이다

마음을 다스리는 한 줄 성서

우리가 환난 중에도 즐거워하나니 이는 환난은 인내를 인내는 연단을 연단은 소망을 이루는 줄 앎이로다 (로마서 5:3∼4)

인생에는 피땀을 흘리며 고통을 받는 것도 두려워하지 않고 오히려 자신을 더욱 단단하게 단련하고 깨끗하게 정화시켜 주는 과정으로 받아들이는 자세가 필요하다. 고난은 잠시 왔다가 사라지는 것이지만 이로 인해 삶은 더 견고해질 것이다.

논어에 "사람을 사랑한다면 고생을 시켜라愛之能勿勞乎."는 말이 나온다. 사랑하는 이의 미래를 생각해서 현재는 좀 힘들더라도 이를 참고 이겨내어 더 잘되게 만들기 위하여 고생을 시켜야 한다는 것이다.

고난이 사랑하는 자를 삼키는 것이 아니라 그 사람의 문제로 나타난 환부를 도려내고 능력 있는 새로운 삶으로 인도할 것을 확신하기 때문이다.

일상에서 힘들고 어렵고 망설여지는 일이 많을지라도 삶이 견고해지기 위해서는 고통을 인내하며 이겨내야 한다. 고통을 참고 이기면 도리어 이전의 잘못된 내가 죽고 새로 태어나는 놀라운 축복이 찾아온다.

아픔이 없는 사람은 이 땅에 아무도 없다. 단언하건데 한 사람도 없다. 그러나 세상의 모든 아픔은 결국 소망을 낳아 찬란한 보석처럼 우리들의 생을 아름답고 튼튼하게 만들어 준다.

옷을 차려 입고 웃고는 있어도

가슴에는 말 못할 아픔들을

하나쯤씩 간직하며 살아간다

아픔을 아픔이라고 부르지 말자

이 땅의 모든 아픔은 마침내

빛나는 보석이 될 테니까

매일 사람들이 꿈을 꾸면서

오늘을 지탱해 내는 것도

저 마다 아픔이 있기 때문이다

모두 웃고 서 있어도

아픔 하나쯤 숨기며 산다

('하나쯤 아픔이 없는 인생이 없다', 전편)

- 아픔은 삶의 보석이다.

today's me

future's me

항상 기뻐하라 쉬지 말고 기도하라
범사에 감사하라 (데살로니가전서 5:16~18)

死生有命, 富貴在天
인간의 생사와 부귀는 하늘에 달렸다. (論語)

5부

인간됨 : 감사(Acknowledgment)
- 감사(Acknowledgment)는 가장 인간다운 모습

어두운 세상의 등대가 되라

고대 근동에는 척박한 환경과 가난으로 인해 영양실조 등으로 맹인들이 많았다. 오늘날에도 육체적으로 시각장애가 있는 사람은 물론이거니와 정신적으로 맹인의 상태에 있는 사람들이 많다.

배우지 못하고 가난하거나 몸이 건강하지 못한 이유로 맹인과 같이 어두운 세상에서 희미한 존재들로 살아갈 수밖에 없는 사람들이 있다. 그런 사람들을 대할 때 불쌍히 여기는 마음을 가지고 바른 길을 갈 수 있도록 이끌어 주어야 하는데 어떤 사람들은 이런 사람들의 어려운 처지를 이용

today's me

해서 자신에게 유리하게 악용하기도 한다.

춘추春秋에는 "남이 곤궁에 빠진 것을 이용하는 것은 인자가 할 바가 아니다乘人之約 非仁也." 라고 하고 있다.

혼미스런 이 땅에서 길을 잃고 헤매는 나그네 하나 돌보아 줄 수 없을까.

어두울까 밝을까

여명의 때여

회색빛 하늘에는

별들도 떨거든

희미한 빈 별에서

길 잃은 나그네

아니울고 어이하랴

아 아니울고 어이하랴

(권구현, '여명', 전편)

- 손을 놓고 갈 수 있는 길도 인생이다. 손을 같이 잡고 갈 수 있는 것도 인생이다.

future's me

주기를 좋아하는 자가 친구를 얻는다

마음을 다스리는 한 줄 성서

너그러운 사람에게는 은혜를 구하는 자가 많고 선물을 주기를 좋아하는 자에게는 사람마다 친구가 되느니라(잠언19:6)

너그러움을 가진 사람의 주변에는 사람이 많아 서로 도움을 주고받으며 교류한다. 주고 베풀며 너그러이 대하는 것을 싫어하는 사람이 어디 있을까.

움켜쥐고 내것만 챙기고 남에게 주는 것을 아깝게 생각하는 것은 부끄러운 삶의 모습이다. 나이가 들수록 베푸는 삶의 소중함에 대하여 눈 뜨게 된다. 생명을 살리기 위해 무엇이든 나누어 주고 베풀고 상대에게 힘을 주는 일을 보람으로 여기게 된다. 나이 지긋한 노인에게서 이런 베풂의 유익을 배울 수 있다.

난중일기를 읽다가 1595년 9월 17일자 일기에 재미있는 기록이 있어 옮겨 본다.

"맑다. 아침을 먹은 뒤 서울에 편지를 써 보냈다. 김희번이 장계를 가지고 나갔다. 유자 30개를 영의정(유성용)에게 보냈다."

선조 때 유성용은 영의정으로 이순신의 어릴 적 친구였고 이순신을 천거한 사람이었다. 그들의 우정은 빛났으며 그런 우정의 연결도 유자와 같이 제철에 나오는 토산물을 나누는 가운데 친분을 이어갈 수 있었을 것이다.

대단한 것이 아니더라도 좋다. 소박한 것이라도 이렇게 서로 주고 나누는 사람은 친구를 얻을 수 있고 관계를 잘 유지해 나갈 수 있다.

* 장계(狀啓) : 지방의 관원이 중요사항을 임금에게 올리는 글

부산발 서울행 상행 열차

낯선 사람들이 만나 서울로 간다

밀양까지 간다는 젊은 부인은

어깨가 닿는 일에 얼굴을 붉히고

일흔을 넘긴 백발의 할머니는

신문에 싸온 떡을 말없이 나누어 준다

기차는 낙동강을 돌고 산을 휘돌아

추풍령의 산자락을 가르며 달린다

안개 자욱한 목요일 오후

기차가 영동을 지날 때 즈음

창가에는 정자 같은 비를 뿌렸다

살아야 할 날이 많다는 것은

부끄러워해야 할 날이 많다는 것

죽을 날에 가까울수록

베푸는 일이 지상의 삶인가

('상행선', 전편)

- 나누고자 마음을 먹으면 그 순간 기쁨이 찾아온다.

today's me

future's me

의인의 길 악인의 길

마음을 다스리는 한 줄 성서

어떤 자는 종일토록 탐하기만 하나 의인은 아끼지 아니하고 시제
하느니라(잠언 21:26)

의인인지 악인인지 알아보는 방법의 하나로 탐하는 자와
나누어 주는 자로 구별하는 방법이 있다.

대외적으로 그럴듯한 행동과 말을 해도 온종일 탐하기를
궁리하는 사람이라면 악인일 테고 상대방을 염려하는 마음
에 자신의 것을 아낌없이 나누어 주는 사람이라면 의인일
것이다.

공자는 인仁을 설명하면서 "군자는 사리사욕을 버리고 절
제하며 자기가 속한 사회와 하나가 된다克己復禮."고 하였다.

today's me

성서에는 종교가 다른 이방인인 고넬료라는 이름의 백부장이 나온다. 그는 로마 군인으로 가이샤랴 지방을 다스리도록 파견된 행정관이었다. 로마 군인이었기 때문에 억압을 받는 이스라엘 사람들로부터 원수 같은 취급을 받을 수도 있었으나 하나님을 경외하고 어려운 사람 돕는 일에 힘을 아끼지 않아 많은 사람들로부터 의인으로 칭송받있다.

이처럼 아끼지 않고 나누어 주면 원수라도 의인으로 칭송을 받게 된다.

자신의 것을 나눈다는 것은 생각보다 쉽지 않다. 하지만 남을 위해 베푸는 것이 세상에서 가장 가치가 있고 의미가 있는 일이다. 이 땅에 사람으로 태어난 것은 서로 나누고 도우라는 뜻이다.

- 길에 난 발자국은 똑같을 리 없다. 그래서 같은 길이라도 다른 길이 된다.

future's me

나만을 위한 삶은 옳지 않다

마음을 다스리는 한 줄 성서

네 양떼의 형편을 부지런히 살피며 네 소떼에 마음을 두라(잠언 27:23)

내가 돌보는 사람들의 상황과 형편을 살피고 그 일에 진심으로 마음을 쏟아보라.

직장의 상사라면 부하 직원들의 형편을 부지런히 살펴서 애로가 없도록 할 일이며, 집에서는 아내가 남편을 살피고 마음에 두어야 하며, 남편 또한 아내의 형편을 살피고 마음에 두는 것이 바른 도리다. 그리고 자녀와 부모가 서로의 형편을 잘 살펴 배려하여야 할 것이다.

사람은 세상에서 선하거나 높고 고상한 일을 하기 전에 먼저 자기 주변을 잘 돌보아 불만이 없도록 해야 한다.

today's me

가화만사성家和萬事成이라는 말이 여기에 해당하는 말이기도 하다. 큰일을 한답시고 가정을 등한시하는 남편이나 아내들은 이 말을 새겨들어야 한다. 자신의 취미에 빠져 가정을 희생시키는 사람 역시 마찬가지다. 양 떼와 소 떼의 형편을 부지런히 살피고 그들에게 늘 마음을 두어야 한다.

내 생활이 나만을 위해 흘러가는 것은 옳지 않다.
다른 사람의 삶이 나와 아무 관계도 없는 것처럼
살아서는 안 된다.
(톨스토이, '전쟁과 평화' 중에서)

나 혼자만을 위해 흘러가는 삶도 중요하다. 그러나 진심으로 의미 있는 삶을 원한다면 내가 돌보아야 할 대상들을 향한 삶, 그들과 관계 맺는 삶이 의미가 있다.

- 하나하나의 강이 모여 바다로 흐르듯 서로 다른 삶이 모여 하나로 흐르면 그것이 가치이며 그것이 지향해야 할 삶이다.

future's me

입만 열면 감사하라

마음을 다스리는 한 줄 성서

두려워 말라 내가 너와 함께 함이니라 놀라지 말라 나는 네 하나님이 됨이니라 내가 너를 굳세게 하리라 참으로 너를 도와주리라 참으로 나의 의로운 오른손으로 너를 붙들리라(이사야41:10)

성서는 아무리 약한 자라도 하나님을 의지하게 되면 새 힘을 얻어 독수리가 날개치며 올라가는 것과 같고 달려가도 넘어지지 않고 걸어도 피곤하지 않다고 말한다. 경쟁관계에 있는 자들은 아무것도 아닌 것같이 쓰러지게 될 것이라고도 말한다.

생각해 보면 일상에서 체험하게 되는 모든 일들이 감사할 일들이다. 받을 자격이 없는데 너무 많은 것을 누리며 살고 있으니 어찌 입만 열면 감사를 하지 않겠는가.

today's me

어려운 사람을 이해할 수 있어

가난하게 사는 것이 감사하다

아픈 자의 고통을 알 수 있도록

앓는 동생을 곁에 둔 것도 감사한다

사지 멀쩡하여 걸을 수 있어

긴강한 몸 주신 것을 감시히고

많은 좌절을 겪어 오느라

실패가 두렵지 않게 되어 감사하다

나보다 더 힘들고 어려운

이웃을 보면서 감사하며

만나 이야기 나눌 수 있는

팔순의 노모가 있어 감사하다

넘어질 것만 같은 예감 속에서

매번 용케도 계절을 넘어오는

살아있는 오늘의 내가 감사하다

('감사의 이유', 전편)

future's me

마음이 가난한 자에게 천국이 가깝다

마음을 다스리는 한 줄 성서

심령이 가난한 자는 복이 있나니 천국이 저희 것임이요(마태복음 5:3)

천국이라는 것은 어디에 있을까?

천국이 어디에 존재하며 무엇이 천국이라 여기는가? 천국은 물질의 풍족에 있는 것이 아니라 정신적인 부분에 속하는 것이라는 것을 깨닫게 해 준다. 마음이란 인간의 가장 깊은 부분이며 영적인 것을 깨닫는 부분이기도 하다. 천국을 자신의 것으로 받아들이기 위해서는 마음이 새로워져야 하고 비워져야 한다. 하지만 사람들은 재물과 장수와 명예, 의식주를 채우기 위한 욕심으로 날마다 분주해 하는 것을 볼 수 있다.

today's me

....

....

....

....

뚜르게네프는 이런 정욕의 삶을 알기에 차라리 돌을 부러워한다고 했다.

나는 불쌍히 여긴다, 나 자신과 타인들, 세상의 모든 사람과 짐승들 ...... 이 땅의 모든 생명들을 (.............). 내가 부러워하는 것은 따로 있다 - 차라리 나는 돌을 부러워 하리라. 돌을!

(뚜르게네프, 나는 가련히 여기노라... 중에서)

정욕을 추구하는 삶은 아무리 채워도 만족하지 못하게 되고 죄를 짓고 사망의 길로 가게 된다. 설령 재물과 장수와 명예, 의식주와 같은 욕구들이 채워진다 하더라도 사람의 영혼은 가난해야 한다.

심령이 가난한 자는 날마다 뉘우치며, 흔들림이 없는 잔잔한 심령을 가진 사람이다. 마음이 가난한 자는 늘 일상에서 주어진 조그만 것에도 감사를 잊지 않는다. 이 사람들이 천국에 가까운 사람들이다.

- 겸손한 사람의 마음은 잔잔하다. 쉽게 흔들리지 않는다. 비울수록 흔들리지 않는다.

future's me

황금률 Golden rule

남에게 대접을 받고자 하는대로 너희도 남을 대접하라
(마태복음 7:12)

많은 사람들은 상대방 입장에서 사물을 바라보지 않고 자기 생각만 하고 자신에게 무엇을 해 주기만을 바라는 경우가 많다. 그래서는 사람의 관계가 진전이 없고 일상에 변화가 없다. 쉬운 예로 사람을 만나도 먼저 인사를 받으려고 하지 내가 먼저 상대방에게 인사하기를 꺼려하지나 않는지 생각해 볼 일이다.

로마의 황제 마르쿠스 아우렐리우스Marcus Aurelius Severus Alexander는 "남에게 대접받고자 하는 대로 남에게 대접하라."고 하는 문장을 금으로 써서 벽에 붙여 놓고 행동의 기

today's me

준으로 삼았을 만큼 처신의 원리로 여긴 것에서 유래하여
이 말씀을 황금률Golden Rule이라 부르기도 한다.

황금률은 기독교의 핵심으로써 모든 율법과 모든 선지자
들이 궁극적으로 주장하는 바다.

동양의 고전 논어에서도 황금률의 실천을 주장한 점이 이
채롭다. 공자는 "내가 하기 싫어하는 것을 남에게 하지 말
라己所不欲 勿施於人."고 했다. 다만 기독교에서는 내가 원하는
바를 남에게 해 주라는 적극성을 띤 황금률인 점에서 다소
차이를 보인다. 하지만 나와 타인이 서로 동등한 위치에서
서로를 바라볼 때 함께 갈 수 있다는 공통적인 바탕을 갖는
다. 이것이 황금률의 시작이다.

- 감사는 대접받는 것이 아니라 대접하는 데서 시작된다.

future's me

합심하면 금속도 절단한다

마음을 다스리는 한 줄 성서

진실로 다시 너희에게 이르노니 너희 중에 두 사람이 땅에서 합심하여 무엇이든지 구하면 하늘에 계신 내 아버지께서 저희를 위하여 이루게 하시리라(마태복음 18:19)

하나님은 그들의 백성이 함께 모여 일치된 소원을 구할 때 그들의 소원을 들어 주시는 것을 즐겨하신다. 하나님은 여러 명이 하는 기도를 귀하게 여기시므로 서로 연합하여 기도에 힘쓸 것을 권하신다.

비록 나와 의견이 다르다고 하더라도 서로 양보하고 타협점을 찾아내 보라! 상대방과 화음을 맞추어 노래하듯이 한마음이 되어 이루어 주시기를 간절히 원한다면 창조주께서도 그들이 원하는 것을 이 땅에서 있게 하실 것이다.

today's me

162

역경易經에 나오는 말을 상기할 필요가 있다.

"두 사람이 마음을 합치면, 그 예리함은 능히 금속도 절단할 수 있다二人同心, 其利斷金."

사람이 마음을 합쳐 긴절히 구하면 하늘을 움직이고 어떠한 난관도 뚫어 낼 수 있다는 생각은 동서양이 모두 같은 모양이다.

서로 화합하고 화평을 이루어 함께 하는 것이 중요하다. 여러 사람과 어떤 일을 할 때 의견이 달라 다투고 분열하지 말고 마음을 합쳐 하나가 되도록 노력하면 이루지 못할 것이 없을 것이다.

- 감사의 가장 큰 장점 중 하나는 합심하게 한다는 것이다.

future's me

크고자 하면 먼저 섬기라

너희 중에 누구든지 크고자 하는 자는 너희를 섬기는 자가 되라
(마가복음10:43)

남보다 크고자 하는 사람은 매사에 겸손해야 한다. 인간적인 야망으로 크고자 하여 남을 부리고 남이 싫어하는 일을 한다면 그 폐단이 클 것이다. 예수를 믿는 사람들은 자신들도 모르게 특이한 리더십을 몸에 익히게 된다. 바로 섬김의 리더십이다.

로버트 그린리트는 그의 저서 〈섬기는 리더십servant leadership〉에서 리더십의 유형을 '권위적 리더십'과 '섬기는 리더십'으로 분류하고 '섬기는 리더십'이라는 것은 리더십을 섬기기 위한 수단으로 사용하는 것을 말한다고 정의하

today's me

고 있다. 성서에서 양치기 즉, 목자가 갈 바를 몰라 향방 없이 헤매는 양을 불쌍한 마음으로 여겨 양들을 위하여 존재하는 것과 같은 것이다.

많이 섬길수록 큰 사람이 된다는 말은 세상의 논리로 볼 때 다소 거리가 있는 것처럼 들린다. 하지만 겸손과 섬김은 동서고금을 막론하고 성인늘이 따르기를 주상하는 가르침이다. 다른 사람을 위하여 자신을 비워내고 남을 위하여 자신을 희생할 줄 알아야 크고 위대한 사람이다. 조금도 손해보지 않으려 하고, 다른 사람 위에서 군림하고자 하는 사람을 좋아할 이유가 없다.

섬기는 리더가 되기 위해서는 자신의 것을 버리고 상대를 살찌워야 한다. 영악한 세상이지만 이천년이 지난 지금도 예수의 리더십을 배우자는 목소리가 세상의 여기저기서 들리는 것은 이유가 있을 것 같다.

- 섬기는 자가 주인이며 결국 세상은 그를 따른다.

future's me

너무나 많은 것을 그냥 받았다

항상 기뻐하라 쉬지 말고 기도하라 범사에 감사하라 이는 그리스
도 예수 안에서 너희를 향하신 하나님의 뜻이니라(데살로니가전
서 5:16~18)

기뻐하는 것은 무엇인가? 이는 내적인 상태로 보호하심
이 늘 존재한다는 것을 아는 것이다. 기도하는 것은 무엇인
가? 우리의 강한 영이 계속해서 인격적으로 절대자와 만나
는 것이다. 그리고 모든 일에 감사할 수 있어야 하는데 그
이유는 절대자 안에서 모든 것이 합력하여 선을 이룰 것이
기 때문이다(롬8:28~29).

아래에 소개되는 시에서처럼 땅에서, 하늘에서, 주위의
모두에게서 셀 수도 없는 너무나 많은 것을 거저 받으며 살

today's me

아온 삶은 아닌지를 스스로 돌아보라. 살아 숨 쉬는 이 순간도 감사할 이유가 너무나 많음을 발견하게 될 것이다.

> 나는 너무 많은 것을 그냥 받았다
> 땅은 내게 많은 것을 그냥 주었다
> 봄에는 짙고 싱싱하게 힘을 주이고
> 여름에는 엄청난 꽃과 향기의 춤,
> 밤낮 없는 환상의 축제를 즐겼다.
> 이제 가지에 달린 열매를 너에게 준다.
> 남에게 줄 수 있는 이 기쁨도 그냥 받은 것,
> 땅에서, 하늘에서, 주위의 모두에게서
> 나는 너무 많은 것을 그냥 받았다.
> (마종기, '과수원에서' 중에서)

- 나를 되돌아 보라. 내가 얼마나 많은 것을 받아 왔는지 알게 된다면 욕심 부릴 이유가 없다.

future's me

사람이 그 부모를 떠나서 아내에게 합하여 그 둘이 한
몸이 될찌니라 이러한즉 이제 둘이 아니요 한 몸이니
그러므로 하나님이 짝지어 주신 것을 사람이 나누지
못 할지니라 (마태복음19 :5~6)

國之本在家, 家之本在身
나라의 근본은 가정에 있고 가정의 근본은 나에게 있다. (孟子)

6부

지상의 별 : 가족(Family)
- 가족(Family)은 이 땅의 별과 같은 것

하나님은 부모를 자기 다음의 위치에 놓으셨다

마음을 다스리는 한 줄 성서

네 부모를 공경하라 그리하면 너의 하나님 여호와가 네게 준 땅에서 네가 생명이 길고 복을 누리리라(신명기5:16)

십계명.

아마 십계명이 무엇인지 모르는 사람은 없을 것이다. 호렙 산에서 모세를 불러 이스라엘 민족에게 10가지 지켜야 할 규례와 법도를 주고 이를 지켜 행할 것을 명령하셨다. 이것이 오늘날 십계명으로 불리우고 있다.

이 계명들은 인간들에게 요구되는 가장 기본적인 규범들이다. 계명들은 외적으로 보면 규범이고 율법이지만 이를 생명같이 여겨 지키면 축복과 구원을 주시겠다는 언약이기도 하다. 십계명 중 유일하게 보상의 약속 있는 계명은 바로 다섯 번째 계명인 부모를 공경하라는 계명이다.

마르틴 루터Martin Luther는 "부모는 한 가정의 규칙과 질서를 유지하기 위하여 하나님이 세우신 대표자이다. 따라서 하나님은 부모를 하나님 다음 위치에 놓으셨다. 자식들은 부모를 사랑할 뿐만 아니라 존경하여야 한다."라고 말했다.

부모님 공경의 중요성은 어버이날을 제정하여 기리고 있는 데서도 알 수 있다. 그런데 원래 어버이날은 미국의 교회에서 '어머니의 날'로부터 시작하였다는 것을 아는 사람은 많지 않은 것 같다. 우리나라도 예전에는 5월 8일이 어머니날이었다. 부모님 중에서 특히 어머니를 생각하면 눈시울이 붉어져 오는 경우가 많다. 여자들도 물론이겠지만 한국 남자들의 몸속에는 유난히 어머니의 유전자가 그대로 녹아 있는 것 같다.

아들을 위해 자신의 처지를 돌보지 않고 모든 것을 기꺼이 내어 주신 나의 어머니는 이 땅에 오신 그리스도와 같은 분이셨다. 자식을 위하여 온 몸을 다 불사르신 당신의 어머님은 현재 어디에서 무엇을 하고 계신가? 지금 전화라도 한 번 넣어 봄이 좋지 않을까!

잘 가, 잘 살어 라고 짧게 말할 뿐

팔순의 어머니는 더 이상 말이 없다

홀로 된 어머니가 이제 가야할 곳은

고향집 온기 없는 냉방, 차디찬 죽음이다

큰아들 집에서 다시 작은 아들집으로

반기지 않아 이리저리 떠돌아다니는

이제는 아무짝에도 쓸데없는 물건이다

어머니의 생을 아무도 기억하지 않는다

지상에 존재했던 하나의 전설 같은 것

흑백 사진처럼 아무 감정도 불러일으킬 수 없다

어머니는 슬픈 이름이다 역설 덩어리다

짐이 되기 싫어 묻힐 자리를 향해 떠나는

눈물겨운 십자가의 절정이다

어머니, 이 땅의 인간들에게 부끄러움을 알게 하는

위대한 이름이다

('행신역에서' 전편)

- 부모는 나의 길잡이요, 안식처이다, 부모는 다른 그 무엇보다 먼저 된 나의 별이다.

today's me

future's me

나의 아름다운 관, 아름다운 목걸이

마음을 다스리는 한 줄 성서

내 아들아 네 아비의 훈계를 들으며 네 어미의 법을 떠나지 말라
이는 네 머리의 아름다운 관이요 네 목의 금사슬이니라
(잠1:8~9)

이스라엘의 가정교육을 들여다 보면 일정한 불문율이 있
는데 아버지는 주로 훈계와 같은 실제적인 생활지침을 교
육하였고, 어머니는 교훈이나 율법, 즉 원리를 가르쳤다.

'머리의 관'은 '은총의 관'을, '목의 목걸이'는 '명예', '권세',
'위엄' 등을 의미하는 말이다.

나이가 어린 자녀들은 아버지의 훈계를 잔소리라 부르고
어머니의 법을 경솔히 여긴다. 그러나 사람이 망하지 않고
살아가는 것은 바로 아버지의 훈계와 어머니의 법 덕분이
다. 사람의 인생이 잘 되기 위해서는 부모와 스승과 이웃의
훈계와 법을 따라 자신의 몸과 물질을 낭비하지 말고 근신
해야 한다. 이것이 생명을 지키는 근본이 되는 길이라는 생
각이다.

솔로몬의 잠언을 통해 세월을 관통하는 지혜를 들어보라!

세월이 지나서 부모가 되어 보면 어린 시절의 일이 얼마나 부모의 가슴에 못을 박은 것이었는지를 알게 된다. 그러나 자식을 위한 부모들의 훈계와 사랑에도 불구하고 자식들로부터 늘 외면당하는 것이 부모라는 이름인지도 모른다. 그래도 자녀에게 끝없이 사랑을 주는 것이 부모이다.

할 말이 너무 많아서
당신의 답변을 듣고 싶은데
당신은 떠난 지 이미 오래다

생이 피어나던 유년시절
당신은 언덕이 되기보다는
언제나 불평과 원망의 진원지였다

아버지가 되어서는 안 되는 사람들은
너무 쉽게도 아버지가 되어
이 땅의 탕자들을 낳았다

아버지가 미워 미워서
아버지처럼 살지 않기로 맹세했는데
어느새 나는 당신을 닮아 있었다

생각하면 철없는 자식이었다
무너져가는 당신 가슴을 향해
얼마나 많이 시위를 하였던가

애당초 어쩔 수 없이
손가락질받을 수밖에 없는
운명을 가진 이름, 아버지
('아버지', 전편)

today's me

future's me

아내는 또 다른 나 Another I

마음을 다스리는 한 줄 성서

사람의 독처하는 것이 좋지 못하니 내가 그를 위하여 돕는 배필을 지으리라 (창세기2:18)

사람이 혼자 사는 것이 안타까워 하나님이 잠자는 아담에게서 갈비뼈를 취하여 남편을 돕는 아내를 만들어 아담에게로 데리고 오셨다. 이것은 짐승들을 만들 때에는 흙덩이로 지었지만 인간에게 아내를 창조하여 돕는 배필로 줄 때는 잠자는 아담의 갈비뼈를 가지고 여자를 창조했다.

아내는 남자에게 속한 동료나 친척과 같이 밀접한 존재임을 암시해 준다. 그리고 그는 하나님에게 이끌려 온 아내를 보았을 때 다음과 같이 기뻐서 환호하였다.

"이제야 나타났구나, 이 사람! 뼈도 나의 뼈, 살도 나의 살, 남자에게서 나왔으니 여자라고 부를 것이다"(창2:23)

아내의 자리는 돕는 자의 자리다. 돈 많은 남편을 만나 한 세상 잘살아 보겠다는 심사를 가지고 결혼을 한다면 불행을 자초하는 일이며, 남자를 이겨보겠다는 생각이나 남자와 다투는 자리에 있어서는 안 된다. 남녀가 만나서 둘이 하나 되는 결혼을 한다는 것은 순수한 둘만의 개인사가 아니다. 사람을 온전하게 만들기 위하여 여자를 만들어 남자의 짝으로 지어 주신 것이다.

오늘날 많은 결혼이 이혼으로 파탄을 맞는 경우를 종종 보게 된다. 이것은 두 남녀가 만나 서로 돕는 배필의 사명을 잊어버리고 서로 대접받기를 주장하며 다투기 때문이다.

두 사람의 마음이 하나가 되어 서로를 이끌어 줄 때 결혼의 사명은 이어져 나갈 수 있다. 사람이 혼자 있는 것을 좋아하게 되면 실패했을 때에도 도와주고 위로해 줄 사람이 없게 된다. 더불어 사는 삶이 아름답다는 시인의 고백이 들릴 듯하다.

백목련

제 흰그림자에 젖어

이미 고요한데

이끼 낀 석등만

맑은 하늘을 받치는 상연사祥然寺

천년을 지나온 바람이

하얀 꽃잎으로 스친다

그 그늘 아래 서서

세상을 바라보니

혼자보다

어우러지는 삶이

더 아름다운 것인 줄을

(김덕년, '혼자보다 어우러지는 아름다움을' 중에서)

- 부부란 서로 돕는 사람이다.

today's me

future's me

여자여, 나에게 신뢰를 달라

마음을 다스리는 한 줄 성서

하나님의 아들들이 사람의 딸들의 아름다움을 보고 자기들의 좋아하는 모든 자로 아내를 삼는지라 (창6:2)

여자란 아름다움의 완성체 아닌가? 남자들을 유혹할 만큼 아름다울 것이며 여자를 바라보는 남자들은 사랑과 욕망과 소유욕에 불타오르게 될 것이다. 경우에 따라서는 그 강렬한 불길이 자신을 태울 수도 있을 것이다. 여자의 아름다움은 신의 아들들을 유혹하기에도 충분하다.

남자가 여자에게, 여자가 남자에게 얻어야 할 것은 진정한 신뢰이다.

today's me

그대는 사랑과 욕망을 넘쳐나게 한다.

나는 그것을 온몸으로 느끼며 타오른다.

그대 사랑스런 여인아. 이제 나에게 필요한 신뢰를 달라!

(괴테, '베니스경구' 중에서)

이 말은 오늘날에도 그대로 유효한 것이 아닌가 생각한다. 배우자를 선택할 때 응당 중요하게 여겨야 하는 내면적인 사람다움은 중시하지 않고 외모, 스타일, 겉모습의 화려함만 보곤 한다. 결국 결혼한 후 몇 년을 살아보지도 못하고 헤어지는 일이 얼마나 많은가.

한 사람을 결혼 당사자로 선택하는 일은 그 사람이 가진 장점은 물론이고 생을 마칠 때까지 단점도 함께하겠다는 의미다. 배우자를 선택할 때 아름다움과 겉모습도 중요하지만 평생을 서로 의지할 수 있는 신뢰를 가진 사람을 택해야 가정이 올바로 세워질 것이다.

future's me

여자, 사랑 받기 위해 태어난다

규범이란 무엇인가? 사람이 해야 할 것과 하지 말아야 할 것을 규정하고 있는 것이 율법이고 이를 널리 규범이라고 한다. 옛날 이스라엘 남자 중 결혼한 자에 대해서는 1년간 군무를 면제해 주는 규범이 있었는데 이의 목적은 백성의 권리를 보호하기 위한 것으로 보인다. 결혼의 신성성을 보호하고 출산을 위한 기간을 고려해서가 아닌가 싶다.

"남자는 일을 위해 태어나고 여자는 사랑을 위해 태어난다."는 말이 있다. 여자가 바라는 것은 사랑이다. 오늘날 남편이 해야할 일 중 중요한 일 하나는 아내를 위하여 아내를 즐겁게 해 주는 것이다.

결혼하여 아내와 아이를 두고 군에 들어간 사나이가 있었다. 그는 아내가 보내온 편지를 읽고 답장으로 다음과 같은 시를 적어 보냈다.

노트 한 장 찢어
깨알 같은 글씨로 부쳐 온
아내의 편지에는
남편의 부재가 낳은
남도 여자의 감내키 어려운 세월이
각인되어 있고
현란한 철학도
세계가 하루인 오늘의
넓은 우주도 담아 낼 수 없는
아내의 편지에는
언제나 남편과 딸 아이
낳아 준 부모님과 살아갈 일이
생의 전부였다.

여자란 아무 것도 아니라고

여자가 줄 수 있는 건

사랑뿐이라며

여울처럼 흐르는데

연애편지도 될 수 없는

아내의 편지는

메마른 세상에 돈도 안 되는 일이지만

그것 한 장으로

내가 살아야 할 이유를 대신하리라

여러 번 읽고는

보내 온 분량의 배로 써서

정성으로 보낸다

울 수도 웃을 수도 없는

세월에 메어 달린 오늘이지만

당신이 살아야 할 이유도

여기에서 찾을 수 있을 것이라며

('아내의 편지', 전편)

내가 살아야 할 이유로 아내를 사랑하는 것을 추가해 보면 어떨까? 내가 사랑해야 나도 사랑를 받을 수 있음을 깨닫게 된다.

- 사랑한 만큼, 그만큼의 무게로 사랑은 돌아오지 않는다. 되돌아오는 사랑은 더 크고 감동적이다.

today's me

future's me

내 가족도 나를 버리는 날이 있다

마음을 다스리는 한 줄 성서

내 숨을 내 아내가 싫어하며 내 동포들도 혐의하는구나
(욥기19:17)

사람들은 서로 신뢰하고 사랑하면서 살도록 지음 받은 존재다. 그런데 욥은 시련을 받아 하나님으로부터뿐만 아니라 아내와 형제 같은 친족에게마저도 버림을 받아 슬픔이 가득했다.

부유할 때는 사람들이 주변에 몰려드나, 곤궁하게 되면 사람들이 다 떠나가고 심지어 가족도, 친척도 모두 떠나버리는 경우가 있다.

이러한 상황을 설명하는 데에는 임계점臨界點이라는 용어가 적절하지 않을까 한다. 이것은 물이 일정 온도 이상으로 끓으면 수증기로 변하게 되는데 바로 그 지점을 말한다.

사람 사는 형편이 궁하고 구차하면 이를 지켜보는 주변의 사람들의 대하는 모습도 달라진다.

　가족들의 경우 처음에는 가족의 끈끈함으로 위로하고 서로 버팀목이 되어 주지만 어려움이 심하여 자신들조차도 힘겨움이 극에 달하게 되면 부모와 형제, 자식과 배우자마저도 버리게 된다. 그래서 자신이 처한 상황을 잘 알고 일상에 만족하며 주변으로부터 괄시를 받지 않도록 스스로의 몸가짐을 잘 관리해야 한다.

　다음의 〈임계점〉이라는 시는 시사하는 바가 크다.

무서운 단어다 놀라운 의미다

내가 내 자신을 알 수가 없고

스스로를 믿을 수 없다는 말이다

내가 변하여 딴 사람이 될 수 있고

오로지 잘난 나 하나만을 위하여

사람들간의 인연도 끊을 수 있다는 말이다

임계점, 내가 짐승으로 변하는 경계이다

이 말을 들으면 왠지 눈물이 난다

이 말을 들으면 공연히 두려움이 앞선다

사람이 갈 수 있는 마지막 끝은 어디인가

내가 버린 사람들은 어찌 되며

나 또한 어떤 아픔으로 살아가야 하나

부글부글 끓지 말아야 한다

타고난 숨결을 버리지 말아야 한다

그 점까지 가지 않도록 관리해야 한다

('임계점', 전편)

- 내가 나를 믿지 못하는 그 순간부터 가족도 나를 믿지 못한다.

today's me

future's me

슬기로운 아내는 하나님의 선물

집과 재물은 조상에게서 상속하거니와 슬기로운 아내는 여호와께로서 말미암느니라(잠언 19:14)

지혜로운 아내를 만나 평생을 함께한다면 그보다 더 좋은 복이 어디 있을까? 재물을 얻는 것보다 더 좋을 것이 분명하다. 당신은 어떤 아내를 만날 수 있을까?

슬기로운 아내는 선물이다. 세상에 많은 여자들이 있지만 슬기롭고 지혜로운 여자를 얻는 것은 세상 복 중의 가장 큰 복을 얻은 것이라고 말할 수 있다.

잠언의 다른 곳에는 "아내를 얻는 자는 복을 얻고 하나님께 은총을 받은 자니라"(잠18:22)라고 말하는 구절이 있다.

today's me

결혼을 앞둔 사람들은 지혜로운 아내를 얻게 되기를 기도해야 할 것이다. 슬기로운 아내는 내 힘만으로 얻어지는 것이 아니기 때문이다. 아내를 맞았을 때는 하나님이 주신 귀한 선물로 여겨야 한다.

내가 바라는 귀여운 여인은
모든 일에 너무 세심하게 굴지 않지만
어떻게 해야 내가 편안해 하는지를
제일 잘 알아 주는 그런 사람
(괴테, '잠언' 중에서)

- 슬기로운 아내는 하나님이 주시는 것이다.

future's me

사람이 나누지 못할지니라

사람이 그 부모를 떠나서 아내에게 합하여 그 둘이 한 몸이 될 지 니라 이러한즉 이제 둘이 아니요 한 몸이니 그러므로 하나님이 짝 지어 주신 것을 사람이 나누지 못 할찌니라(마태복음 19 :5~6)

결혼은 두 사람의 남녀가 자신을 길러 준 부모 곁을 떠 나 한몸이 되어 살기로 하나님과 사람들에게 약속을 한 것 이다. 결혼은 먼저 부모로부터 떠나는 것이다. 부부 사이에 서는 부모 자식의 관계보다 두 사람의 관계가 먼저다. 둘이 합하여 하나가 되기 때문에 이혼은 이미 하나 된 몸을 둘로 찢는 것이다. 성서는 둘이라는 숫자를 강조한다.

결혼은 언약이다. 언약Covenant이 계약Contract과 다른 점은 계약이 사람과 사람 사이의 합의로 이루어지는 것이라면 언약은 사람이 하나님 앞에서 맺은 계약이라는 데 있다.

today's me

사람들은 마치 결혼을 사업의 일종인 동업으로 오인하여 동업의 원리가 결혼에 그대로 적용될 것으로 오해하는 경우도 있다. 그래서 부부의 결혼생활이 힘들어지면 사업이 어려울 때처럼 서로의 지분을 챙겨 갈라서도 된다는 생각을 하기도 한다. 결혼은 두 남녀가 사랑하고 존경하여 평생토록 하나가 되기를 언약한 사명이지 동업이 아니다.

달콤한 모든 시간들

사랑과 술에 고취되어

이 노래를 서로가 불러

둘이 하나로 맺어졌다!

우리를 이곳까지 이끌어 오신

그 신이 우리를 지켜 주고 있나니

사랑의 불꽃을 다시 피우신 신이여

그가 인연의 불꽃을 지폈느니

(괴테, '인연' 중에서)

future's me

서로 분방分房하지 말라

마음을 다스리는 한 줄 성서

서로 분방하지 말라 다만 기도할 틈을 얻기 위하여 합의 상 얼마 동안은 하되 다시 합하라 이는 너희의 절제 못함을 인하여 사단으로 너희를 시험하지 못하게 하려 함이라 (고린도전서7:5)

분방分房은 따로 자는 것, 즉 별거를 의미한다.

시댁 식구와 싸우고 나온 여동생을 만나 집으로 돌아가라고 권한 적이 있다. 결혼했으면 싸워도 집안에서 싸우고 문제의 해결도 거기서 찾으라고 조언을 해 주었다. 가출하고 별거하는 것은 갈라서자는 말밖에 안 되기 때문이다.

매일 좋은 날이 어디 있을까. 부모와 형제 부부 사이에도 늘 다투고 긴장하는 때가 있다. 그럴 때에는 손쉽게 분방하는 방법을 택하는 것보다는 잘 싸워서 문제를 해결하는 지혜를 가져야 할 것이다.

today's me

_____

_____

_____

_____

시집식구와 다투고 나온 여동생과
다대포 어시장 목로에 앉아
전어 회를 시켜 먹는다
연신 눈물을 글썽이며
말을 더듬는 여동생에게
사는 것은 싸우는 일이고
속아 주는 일이라고 말해 보지만
뼈 발라낸 가을 전어처럼
씹히는 게 없는 눈치다
누구나 겪는 사랑과 전쟁을
너만이 가진 희생과 인내로
풀어내어야만 하는 것이
혼인의 숙명임을 어찌하랴
상처받은 그 자리에
새 살이 돋아나거든
그 때 우리 다시 만나
세상은 오래 살고 볼 일이더라고
웃으면서 이야기하자
('다대포에서', 전편)

사랑하라 존경하라

아내 사랑하기를 자기 같이 하고 아내도 그 남편을 경외하라(엡 5:33)

삶에 있어서 가장 중요한 동력이 무엇인가?

살아가게 하는 가장 강력한 동력은 바로 사랑이다. 삶에서 사랑을 없앤다면 모래성처럼 무너지는 것이 사람 관계다. 삶은 사랑을 할 때 의미가 있다고 시인은 노래한다.

살기도 하고 사랑도 해야 하겠는데, 사랑도 삶도 모두 끝난다.

잘라야 하겠다면, 그대 운명의 여신이여,

이 둘의 실 가닥을 한 번에 잘라다오!

(괴테, '크세니언' 중에서)

today's me

아내와 남편은 일심동체이므로 아내를 사랑하는 것은 자기 자신을 사랑하는 것이다. 아내를 사랑하는 데 있어서도 무작정 사랑이 아닌 상대방에 대한 존경의 마음이 깃든 사랑을 주어야 한다. 무작정의 사랑이란 짐승들에게도 있는 것이기 때문이다. 반면에 아내는 남편에게 순종하고 남편을 존경하여야 한다. 그런데 존경이라는 것 역시 사랑의 마음이 저변에 깔린 것을 의미한다. 스승처럼 존경만 한다고 하여 부부 사이의 관계가 충족되는 것이 아니기 때문이다.

존경을 전제로 하는 사랑, 사랑 가운데 받드는 존경이 부부 금슬의 비결이다. 아내는 남편으로부터 사랑을 받고 싶어 한다. 사랑을 갈망하고 그것을 반드시 확인하고 싶은 것이 여자 본능이다.

남편들이여, 아내로부터 진심으로 존경받기 위해 노력해보라.

- 아내를 사랑하는 남편과 남편을 존경하는 아내가 있는 곳이 천국이다.

future's me

서둘러 주변을 돌아 보라

누구든지 자기 친족 특히 자기 가족을 돌아보지 아니하면 믿음을 배반한 자요 불신자보다 더 악한 자니라 (디모데전서5:8)

세상 모든 영혼들을 사랑해야 하는 숭고한 의무를 실천하고자 한다면 먼저 자기 가족을 돌보는 것이 우선되어야 할 것이다. 세상에서 가장 소중한 것이 있다면 그것은 가족이다. 아버지, 어머니, 자녀, 부부. 이러한 이름은 함께 의지하며 살아가도록 하늘이 주신 사람들이다.

지금 돌보아야 할 가족이 있다면 실행에 옮겨야 할 일이다. 내일도 아니고 모레도 아니고 바로 지금 도와야 한다.

살면서 간혹 잘못이 있었다면 지금 돌이켜 사과하라. 전화하고 문안하고 쓸 것을 보내 주어라. 고맙다고, 사랑한다고 늦기 전에 보고 싶다고 이야기해 주어라.

today's me

이런 사랑의 부지런함이 없이 해와 달이 뜨도록 내버려
둔다면 나중에 피눈물 흘리며 후회하는 날이 오게 될지도
모른다.

울게 되리라 그대
소중한 것들을
그리도 멀리 두고
편지 한 장
전화 한 통 없이
별과 달이 뜨고 지도록
내버려 두면
겨울이 오는 어느 날
산새 우는 아침이 오면
그대 알게 되리라
때 늦은 그 날에
눈물이 되리라
('눈물이 되리라', 전편)

future's me

형제는 어려울 때 도우라고 있는 것

마음을 다스리는 한 줄 성서

친구는 사랑이 끊이지 아니하고 형제는 위급한 때까지 위하여 났느니라(잠언17:17)

진정한 친구는 친형제처럼 사랑을 나누어 주는 일을 게을리 하지 않는다. 형제는 어려울 때 가서 어려움에 처한 다른 형제를 물심양면으로 도와 일으켜 세우라고 있는 것이며 이익을 더 취하기 위해 있는 것이 아니다.

자라면서 부모님들이 늘 해 주신 말씀 중에 '형제가 왜 달리 형제냐.', '형제 좋은 것이 무어냐.', '이 세상에 너희들 동기간 말고 누가 또 있냐.'..... 이런 말씀들이 바로 위급할 때 도움을 주기 위하여 형제가 있다는 말이다. 주변을 두루 살펴 몸이 아픈 형제가 있다면 도와주고 날씨가 추울 때는

today's me

202

따스한 내의라도 한 벌 사서 선물해야 하는 게 도리다.

친구가 있다면 그 친구를 형제처럼 대하라. 사람에게 소중한 친구와 형제로서의 존재감을 나타내 보여 주어라.

따뜻한 무엇이 그리워질 그 때
내가 가진 모든 것을 다 주고 싶다
제철 과일 같은 것이라도 좋으니
내가 가진 것을 그대에게 주고 싶다
평소에 아무 눈치도 챌 수 없게
그대의 집으로 배달하고 싶다
그래서 당신에게서 탄성이 되고 싶고
굳어져 있던 당신의 신경들을 일으켜 세워
당신의 핏줄에서 물결이 일렁이게 하고 싶다
평소에 우리는 대화도 연락도 잘 없지만
멀리서 그대의 안녕과 소망을 위하여
늘 속으로 응원하고 있음을 기억해다오
("그대에게 내 모든 것을 주고 싶다", 전편)

future's me